Vorwort

Verdammtes Klinikum, warum gibt es in allen Krankenhäusern mehr Betten als Parkplätze. Jetzt umrunde ich das Gelände schon zum dritten mal und immer noch keine Möglichkeit meine Rostlaube, einen alten Audi 80, vorschriftsmäßig abzustellen. Die Kiste irgendwo im Parkverbot zu versenken kann ich mir nicht leisten. Ich musste erst voriges Jahr einen Monat zu Fuß gehen.
Auf der Fahrt hier her hatte ich genug Zeit über die letzten Stunden nachzudenken. Als ich Dienstag nach Hause kam blinkte mir schon die Lampe vom Anrufbeantworter entgegen und weil mich das nervt hörte ich ihn auch gleich ab. Eine einzige Nachricht, aber die reichte um mich erst mal setzen zu müssen.
„Hallo, hier ist Viola Wenzel, ich wollte ihnen nur mitteilen das mein Mann im Klinikum liegt und wir nicht wissen ob er es noch einmal lebend verlassen kann. Er hat mich heute gebeten sie zu verständigen, da er sie gern noch einmal sehen möchte“.

Viola Wenzel, die Frau von Axel. Er ist Gebrauchtwagenhändler, ein paar Jahre älter als ich. Von Ihm ist auch der Audi. Irgendwie sind wir Freunde geworden. Ab und zu besuchte ich ihn auf seinen Autoplatz, hineingezwängt zwischen Aldi und Aral, und er mich in meinem Büro in der Innenstadt. Nie fest, immer nur wen man in der Nähe war, aber über Jahre und man hat sich gefreut den anderen zu sehen. So war das halt und jetzt dieser Anruf.
Also bin ich heute gar nicht erst ins Büro gefahren, sondern gleich hier her mit einem Stop an der Tankstelle um eine Zeitung und einen Blumenstrauß zu kaufen. Der Blumenstrauß weil es üblich ist und die Zeitung weil ich Axel halt kenne. Und nun umrunde ich dieses Klinikum zum vierten mal und muss darüber nachdenken ob ich mit meinen dreiundvierzig Jahren jetzt wirklich schon so alt bin das ich Beerdigungen mit zu meinem Leben zählen muss. Vor zwei Jahren meine Mutter, voriges Jahr mein Onkel und jetzt das. Ich hoffe nur das Axels Frau übertrieben hat. Da ein Parkplatz. Zwar ziemlich eng, ich muss mit den rechten

Vorderrad auf den Gehweg parken, aber der gute Wille war da.
Mit Blumen und Zeitung betrete ich das Klinikum, bei der Information erfahre ich wo ich Axel finde. Rein in den Fahrstuhl, in der zweiten Etage raus, den Gang links nach unten, vorletzte Tür auf der linken Seite. Nun stehe ich vor der Tür und hole noch mal tief Luft, man weis ja nie was einen erwartet. Verdammte Scheiße, ich liebe Krankenhäuser.
Anklopfen und Klinke drücken ist eins. Ich sehe ein Zimmer mit angrenzender Dusche. Mitten in dem Raum ein Bett an dessen Kopfende es bunt und munter blinkt und flimmert.
In dem Bett liegt Axel und lächelt mich an. Es sind auch nur noch die Augen die an Axel erinnern. Der Mann hat mal 98 Kilo gewogen und jetzt umspannt seine Haut die Knochen. Nur sein Bauch wölbt sich aufgedunsen unter der Bettdecke.
Er muss meinen Blick bemerkt haben, denn er sagte in ruhiger Stimme „nun kieke ma nich so erschrocken, du weest doch wat looft. Der Krebs hat mir und lässt mer och nich mehr los. Ick hab meine Viola jesacht se soll dir anrufen weil ick mal mit

jemanden reden will der nich immer sacht wat ick für ne arme Sau bin. Wir ham uns immer ohne große Worte verstanden und ick hoffe du hast en bisschen Zeit mittjebracht".
Zeit hatte ich genug und ich blieb von halb zwölf bis siebzehn Uhr. Die ganze Zeit über sprach meistens Axel. Ich erfuhr viel aus seinem Leben, das er eigentlich aus dem thüringischen ist und gleich nach der Schule nach Berlin verduftete. Das er nie bei der Armee war und Viola seine zweite Frau ist. Kinder hat er nie gehabt, warum weis er nicht.
Gegen siebzehn Uhr nachdem er mit seinen Geschichten geendet hatte, sagte er „det hat jut jetan, mal reden zu können ohne das ehner nervt. Morjen brauchste nich mehr kommen, ick wees doch wie dir vor Spitale graust. Und obwohl ick die meiste Zeit allene uff meinem Autoplatz verbracht habe, globste, mein Leben war allet andre als langweilich".
„Nee, nee" erwiederte ich, „ich komme jetzt jeden Tag, ich hab doch gar nicht gewusst das du dich hier ausruhst".

„Ausruhen, det is det richtige Wort“, sprach er lächelnd „tschö, tschö mein Junge und drückte mir die Hand.
Noch in der gleichen Nacht ist Axel Wenzel, den jeder für ein Urberliner hielt, um 23.47 Uhr verstorben.
In Gedenken an Ihn, habe ich versucht, die schönsten Geschichten die ich von ihm am Krankenbett hörte, in diesem Buch nieder zu schreiben.

Umzug

Immer wen ich mich an meine Kindheit erinnert, beginnen meine Erinnerungen mit ganz bestimmten Bildern im Kopf.
Ich stehe auf der Dorfstraße, zerre an den Händen von Tante Brigitte und schreie einem Umzugslaster hinterher. Klar weis ich das da Mutti und Vati mitgefahren sind, aber das sie mich nachmittags abholen kommen und mit in die neue Wohnung nehmen das weis ich nicht. Damals war ich sechs Jahre alt und völlig verzweifelt, ich Axel Wenzel.
Als der Laster dann um die Ecke bog, beugte sich Tante Brigitte zu ihm hinunter und sagte:“ komm Axel wir gehen die Enten füttern“, und ich lies mich mitziehen. Tante Brigitte ist übrigens die beste Freundin von meiner Mutti.
Am Nachmittag kamen dann die Eltern und holten mich ab. Sie erzählten mir wie schön die neue Wohnung sei und wie glücklich sie jetzt wären und das sich der Umzug von einem Dorf in das andere wirklich gelohnt hat. Zwischen den Dörfern lagen Felder und ich glaubte das ich Tante

Brigitte und ihre Söhne nie wieder sehe. Das war natürlich ein Trugschluss, doch davon später mehr.
Die neue Wohnung lag in einem großen Haus mit Hof und Garten in der unteren Etage. Als Vater das Hoftor öffnete wurde es mächtig dunkel weil ein bestimmt einhundert Jahre alter Wallnussbaum seine Zweige über dem Hof ausbreitete. Die Wohnung war dunkel und durch den Nussbaum ist es auch so geblieben.
Ich bekam mein erstes eigenes Zimmer, mit Spannteppich. Und es war ein Durchgangszimmer vom Flur zum Wohnzimmer, aber immerhin.
Am nächsten Morgen nervte ich schon meine Mutter "darf ich raus" und Sie antwortete "ja, aber nur auf die Straße und wenn Vati dein Spielzeug aus den Kartons holt, hilfst du ihm mit, ich rufe dich dann."
Also ging ich auf die Straße und sah mich um. Ich stand mitten im Dorfkern vor der Rückfront einer Kirche. Um die Kirche legte sich ein Garten, wie ein Schal, mit sehr großen Bäumen und vereinzelten Gräbern. Um diesen Garten lief ein Weg, der gesäumt wurde von alten Bauernhöfen. Ich beschritt den Weg um mich zu orientieren

und die Kirche von vorn zu sehen.
Gegenüber dem Eingang der Kirche befand sich ein Feuerlöschteig und in ihm war auch schon was ganz interessantes, nämlich Frösche und Molche. Vergessen war die Ermahnung vor dem Haus zu bleiben.
Gerade wollte ich mich bücken um einen Molch zu fangen, als aus dem Kirchgarten eine Jungenstimme schallte "hey, das ist meiner", wobei die Stimme offen lies ob er den Molch oder den Teich meinte.
„Was ist deiner" schnappte ich zurück und sah einen Jungen, halb verdeckt von Rohdohdentron, hinter dem Zaun stehen. Kurze schwarze Haare, Igelschnitt, Sommersprossen, kurze Lederhose, Stoffturnschuhe und so groß wie ich selber.
„Ist doch egal" antwortete der Junge „ wer bist,n du überhaupt"?
Ich erzählte wer ich war und wo ich wohnte.
Darauf war bei dem anderen alles klar „ ach bei der Erbsen seid ihr eingezogen dann wohnst du ja jetzt hier".
Dabei kam er langsam durch das schmiederne Gartentor geschlendert und

reichte mir die Hand. „Ich bin Uwe, aber alle nennen mich Jupp nach meinem Opa, weil ich dem so ähnlich sehen soll. Wir wohnen am anderen Ende vom Dorf und wenn mir langweilig ist komme ich meistens hier her, ist irgendwie geheimnisvoll".

„Wie geheimnisvoll" fragte ich zurück.

„Na halt so", meinte Uwe „ich bin der Ritter und die Kirche ist die Burg und der Pastor ist das Ungeheuer. Der Pastor Koschinski mag nicht wen jemand in seinem Garten rumlungert, und man muss immer aufpassen das er einen nicht erwischt. Denn wen er einen erwischt, na dann guten Nacht. Der sperrt uns sofort ins Kirchenverlies und da ist es gruselig und kalt".

„Warst du da schon mal" fragte ich „oder woher weist du das"?

„Nö, Koschinski hat mich noch nie gekriegt und wissen tu ich das aus Filmen und so".

„Axxxxeeel" tönte die Stimme meine Mutter durch die Luft.

„Ich muss gehen, meine Mutter ruft. Wollen wir uns morgen treffen?"

„Alles klar" erwiderte Uwe „wir treffen uns hier am Feuerwehrteich".

Den nächsten Morgen regnete es wie aus Kannen. Meine Mutter wollte in den Konsum und Vater war schon auf Arbeit in der Stadt. Ich bekam Verbot rauszugehen da es so regnete. Meine Mutter ging, nicht ohne nochmalige Ermahnung, und ich beschnupperte mein neues Reich, mein Zimmer. Wen ich aus meinem Fenster sah erblickte ich den Garten unserer Vermieterin, Frau Lauch, angelegt mit viel Gemüse und Obstbäumen. Und hinter dem Garten sah man schon die Scheunen vom nachbarlichen Vierseitenhof. Die Scheunen übten schon jetzt ein ungeheuere Anziehung auf mich aus. Aber ich hatte auch das Verbot vernommen nicht allein in den Garten zu gehen. Ich durfte nur in den Hof, doch der war klein und langweilig.

Freunde

Ich hatte mich gerade mit meinen Modellautos auf den Fußboden verkrümelt, als es an mein Zimmerfenster klopfte. Erschrocken sah ich nach oben und erkannte drei Jungengesichter. Links ein Blonder, rechts ein schwarzer und in der Mitte Uwe mit tanzenden Sommersprossen im Gesicht weil er bis zu den Ohren grinste. Ich öffnete das Fenster und sah nun auch das vor dem Fenster an der Hauswand ein Mauervorsprung war , auf dem man herrlich stehen konnte.
„Hallo Axel“, tönte Uwe los, „wir haben uns schon gedacht das du nich rausdarfst, hast dich wohl eben schön erschrocken“.
„Gar nich“, etwas anderes viel mir nicht ein, weil ich außer Uwe ja keinen kannte. Uwe merkte aber sofort das er was vergessen hatte, und stellte seine Begleiter vor: „also das ist Andreas oder Andy genannt“. Dabei piekte Uwe dem blonden Jungen fast ins Auge. Dann drehte er sich ruckartig um, so das er bald von dem Mauersims abgerutscht wäre, zeigte auf den schwarzhaarigen Jungen und meinte:

„das ist Jörg, übrigens wollten wir dich abholen um dir unser Dorf zu zeigen und ein paar gute Verstecke“.
Ich erklärte das ich Verbot hab das Haus zu verlassen und eins, zwei, drei war der Besuch schon im Zimmer. Natürlich gleich durch das Fenster, was man an der Tapete auch sah. Als meine Mutter kam, hatte sie nichts dagegen, das dass Kinderzimmer voll war und die Spuren an der Tapete sah sie nicht gleich, so das sie auch nicht über den genommenen Weg der drei Gäste schimpfen konnte. Das Donnerwetter erlebte ich dann irgendwann alleine.
War ja klar. Wa?
Uwe, Andy, Jörg und ich trafen uns fast jeden Tag. Es dauerte auch nicht lange und wir wurden im Dorf nur noch die Unzertrennlichen genannt. Das ging soweit, das wenn einer allein was ausgefressen hatte, die anderen mit bestraft wurden, basta. Wir wurden so dicke Freunde, das wir alles zusammenmachten, selbst häuslich gestellte Aufgaben der Eltern, wurden zusammen erledigt.
Jörgs Eltern waren Bauern auf einen eigenen Bauernhof. Einen riesigen vier

Seiten Hof mit allen drum und dran. Nicht selten musste der Hof als Spielplatz herhalten. Einmal jede Woche musste Jörg den gesamten Bauernhof an den Außenmauern von Brennnesseln und Löwenzahn befreien. Damit es immer schön und aufgeräumt aussieht und - die Leut net reden könne -. Jedes mal, das heist immer nachdem Jörg das zweite mal ermahnt wurde, traten alle vier zur Unkrautbekämpfung an. Das schönste daran war das Jörgs Mutter, eine dickliche gutmütige Frau die allen Kindern beim guten Tag sagen mit einer Hand über die Haare streichen musste, immer einen Teller mit Wurstbrote, mit ganz dick Wurst, aus der Küche reichte, wenn die erste Hälfte geschafft war. Jörgs Vater stellte immer vier Flaschen Fassbrause in die Hofdurchfahrt und tat immer so als wusste er von nichts. Mit ihm konnte man kaum reden, er hatte immer zu tun, aber er schaffte es, den Jungs auf der Wiese hinter der Scheune mit dem Hühnerstall ein richtiges Fußballtor zu bauen. Dieses wurde dann eingeweiht mit Bier für Jörgs Vater und Fassbrause für die Jungs und mit Probeschüssen auf das Tor mit einem

Kunststoffball, der aussah wie im Fernsehen. Wenn ich mich heute zurückerinnere, war dies das einzige mal das Jörgs Vater etwas Zeit hatte und nicht arbeiten musste.
Uwes Aufgabe bestand darin den Briefkasten zu lehren, damit bei eventuellen Regen am Nachmittag die Post nicht nass wurde. Aus heutiger Sicht glaube ich, diese Aufgabe wurde nur ins Leben gerufen, damit sich Uwes Eltern sagen konnten sie verwöhnen ihn nicht.
Die Eltern von Uwe arbeiteten in der Stadt in einer Apotheke und waren nur abends zu Hause. Ansonsten wurde Uwe von seiner Oma verköstigt. Beaufsichtigen ging ja nicht, weil er war ja nie da.
Andys Mutter dagegen war Hausfrau, wie meine Mutti auch. Auch die Väter waren Kollegen in einem Werk in der Stadt.
Andys Aufgaben änderten sich ständig.
Das Aufgabengebiet belief sich auf: zum Konsum rennen und was vergessenes holen, die Hühner in ihr Gehege zurücktreiben, zur Futterwiese gehen und schauen ob die Schafe umgeflockt werden müssen, an der Bushaltestelle nachsehen ob sich der Fahrplan verändert hat und

noch vieles mehr. Andys Mutter sah gar nicht aus wie eine Mutti, sondern wie eine große Schwester. Früher arbeitete sie in dem gleichen Werk wie die Väter von Andy und mir als Sekretärin. Aber nach der Geburt von Andy hörte sie mit Arbeiten auf. Wie sie später sagte: „um für Ihren Jungen dazusein“. Sie konnte schimpfen wie ein Rohrspatz wenn man sich die Schuhe nicht auszog um das Haus zu betreten. Und schimpfte sie mit Andy, sah sie trotzdem alle vier Jungen an. Gleichfalls war sie aber auch immer mit einem Pflaster oder Sepso zur Hand, wenn einer von uns mal wieder blutete. Andys Vater sah ich nur einmal im Jahr, zum Dorffest, in er Kapelle der freiwilligen Feuerwehr.
Meine Aufgaben bestand darin, den Müll zur Mülltonne zu bringen, wenn es mir aufgetragen wurde und mein Zimmer aufzuräumen, da ja die Erwachsenen auf dem Weg zur Stube hindurch mussten. Wenn mein Vater der Meinung war: „das ist doch keine Aufgabe für einen Jungen“, bekam er prompt zur Antwort: „es hätte gut getan, wenn deine Mutter das mit dir auch gemacht hätte“. Darauf verschwand mein

Vater meist in seinem Kämmerchen mit der Werkbank, und tat wenigstens so als ob noch ganz dringend etwas repariert werden müsste.
Ansonsten führten meine Eltern eine harmonische Ehe. Vater schaffte das Geld ran, und Mutter hielt es zusammen. Ich fühle mich wohl zu Hause und wenn andere Kinder von riesigen Krawallen von zu Hause erzählten, hörte ich mit großen Augen zu, konnte aber nicht mitreden. Wen meine Mutter mal etwas anprangern musste, tat sie das meinem Vater gegenüber stets mit einem lachenden Auge. Diese Mimik im Gesicht meiner Mutti hab ich bis heute nicht vergessen. Daran wird es wohl gelegen haben das mein Vater alles gut fand was meine Mutter anwies.
Ja, so war das- als unzertrennlich konnte man uns wirklich bezeichnen, egal was wir anstellten. Ob wir nun Bauer Seume das Rindergatter aufmachten weil uns einfiel Cowboy zu spielen, und wir sofort die Flucht ergriffen weil die Kühe neugierig auf uns zu kamen. Oder die Schweinekloben, von Bauer Pietsch, geöffnet wurden weil man den Schweinen die Freiheit

wiedergeben wollte. Einmal versuchten wir die Hühner von Tante Wanda, mit Prima Sprit und Brot aus der Vorratskammer von Uwes Oma, betrunken zu machen. Den Hinweis bekamen wir aus einem alten Max und Moritz Buch, das wir beim Stöbern auf Andy,s Scheunenboden fanden. Dies gelang uns so hervorragend, das Tante Wanda am Abend erst merkte was los ist, als sie schon drei Hennen geschlachtet hat, weil sie dachte die Viecher sind alle krank. Ein anderes mal legten wir alle Wasserfarben zusammen und färbten das Wasser der Tränke auf den Weiden des Nachbardorfes in allen möglichen Farbtönen, so das der Tierarzt aus der Stadt und die Feuerwehr bemüht wurden, weil die Bauern dachten die Tränke wurde vergiftet. Doch immer wurden wir erwischt, oder einer hat sich verplappert und schon waren wieder alle dran.
So verbrachten wir ein herrlichen Frühling und einen herrlichen Sommer, unbeschwert und voller Lust am Leben. Und ohne es zu wissen, sind wir das geworden was noch lange währen sollte, Freunde.

Der Ernst des Lebens

Es war ein Tag der schon völlig stressig losging. Meine Mutter flatterte völlig aufgelöst durch die Wohnung. Mein Vater und andere Verwandte standen am Bad und am Klo an. Um so länger sie anstanden, umso lauter wurden sie. Wie das so üblich ist, wenn Besuch die Wohnung blockiert, ist schon der Morgen explosiv geladen, weil keiner so erholsam schlafen konnte, wie er es gewohnt war. Belastend!
Die Mutter von meiner Mutter, also meine Oma, bezog mit rauschenden Gewändern mein Zimmer. Trotz Gegenwehr hatte ich keine Chance und musste mein Zimmer für die „olle Hexe“ räumen. Mein Schlafplatz währen solcher Besuche war die Sitzbank im Flur. Das hieß drehen im Schlaf war verboten. Also richtig kuschelig und gemütlich und ich war der Meinung dies ist mehr wie ungerecht und überhaupt- wieso musste ich mein Zimmer räumen, genauso

gut hätte doch die „olle Hexe“ auf der Sitzbank im Flur nächtigen können.
Für meine Oma hatte ich gar keine Empfindungen oder soziale Bindungen. Oma wohnte irgendwo im Erzgebirge, da wo Mutti aufgewachsen war, und kam Oma zu Besuch, wurde auch meisten rumgenörgelt, denn sie konnte eh alles besser.
Außerdem war sie geizig bis in die Knochen. Einmal kam sie zu Besuch und kramte noch an der Haustür in ihrer Handtasche. Zum Vorschein kam eine angefangene Tafel Blockschokolade Zartbitter die sie mir mit folgenden Worten überreichte: “Ich hatte im Zug so einen Hunger, da hab ich schon mal abgebissen. Aber es ist ja noch genug übrig. Bitteschön!“ Es war ihr also nicht möglich, ihrem Enkel eine komplette Tafel Schokolade zu schenken. Welche Verschwendung. Als ich die Schokolade entgegennahm und aufwickelte vergas ich das „Dankeschön“ und sah die Zahnabdrücke ihres Gebisses in dem Schokoladenrand so das sich mir der Gedanke an die Speichelfäden, die beim abeisen der Schokolade die Mundhöhle

umspielen, regelrecht aufdrängte. Ich musste mich angewidert schütteln und verfrachtete die Tafel wie ich sie von meiner Oma bekommen hatte, unter meinem Bett. Irgendwann entsorgte sie mein Mutter beim gemeinsamen Aufräumen meiner, wie sie immer völlig ungerechtfertigt sagte „Bruchbude“. Dies ist meine Erinnerung an meine einzigste Oma „die olle Hexe“, denn die Eltern meines Vaters sind schon gestorben da war mein Vater selbst noch ein Kind.
Dann waren da noch zwei Tanten nebst Männern und Kindern die das Schlafzimmer blockierten und meine Eltern demzufolge im Wohnzimmer ihr Nachtlager aufschlugen. Auf Luftmatratzen schliefen dort auch meine Gutleidetante Ursel und mein Gutleideonkel Siegfried. Sie wohnten irgendwo bei Dresden und waren die einzigen aus der Verwandtschaft die mit meinen Eltern regelmäßig Kontakt hatten. Meine Mutter und Tante Ursel waren Schwestern und mein Vater und Onkel Siegfried hatten zusammen gedient und dort die Mädels kennen gelernt.
Also ging der Verwandtschaftsbeziehung schon eine Männerfreundschaft voraus.

Wenn also Besuche anstanden, mit Tante Ursel und Onkel Siegfried, freute ich mich ungemein und ich hätte gern mein Zimmer geräumt. Doch sie nahmen mit Ihren Luftmatratzen im Wohnzimmer vorlieb und man besuchte sich gern.
Doch nun zurück zu jenem Morgen. Alles tobte vor oder in dem Bad und auch der Toilette. Der Anlass für diesen Auflauf in Familie Wenzels Wohnung war ein ganz besonderer Grund. Die Schuleinführung von mir, 1969. Mit Feierlichkeit, Zuckertüte und Schulranzen. Wenn man bei dem die Trageriemen abmachte, sah der Ranzen genauso aus wie Vaters Aktentasche, mit einem Hauptfach und zwei kleinen Fächern für Federtasche und Pausenbrot.
Halt richtig erwachsen und immerhin, ich kam ja in die Schule.
Nachdem nun alle das Frühstück beendet hatten, ging es schnurstracks zur Schule im Nachbarort. Dort wurde von der ersten bis zur fünften Klasse unterrichtet.
Der Schulweg betrug ungefähr, je wie man sich beeilte fünfundvierzig Minuten bis drei Stunden. Wobei hier anzumerken ist das ich und meine Freunde den Weg selten in fünfundvierzig Minuten schafften,

da wir auf dem Weg an einer Schutthalde mit angrenzenden Froschteich vorbeikamen und über eine Eisenbahnbrücke mussten,
wo es zu einem regelrechten Sport wurde, zu versuchen den Dampfloks von der Brücke aus in den Schornstein zu spucken. Ob man getroffen hatte, konnte man sich aussuchen da einem der Dampf den Atem und vor allen die Sicht nahm.
Aber man muss bemerken das wir Jungen durch das jahrelange Training unsere Perfektion im spucken vervollständigten.
In der Schule angekommen, konnten sich die Kinder einen Platz in den Holzbänken aussuchen.
Andy und Jörg waren schon da und hatten eine Bank besetzt, also schob ich mich auf die freie Bank daneben und sah mich nach Uwe um.
Weder er noch seine Eltern waren zu sehen.
„Was ist mit Uwe“ fragte ich meine Freunde.
„Keine Ahnung“ kam die Antwort von beiden und man sah sich weiter um. Da kam Uwe auch schon angerannt, allein.
„Wo sind deine Eltern“ fragte ich.

“Kommen gleich nach“ bekam ich zur Antwort “ Opa Jupp konnte sei Gebiss nicht finden, da bin ich schon mal los wegen der Schultüte“ und er schielte zu dem Vorhang hinter dem wir die spitzen Papptüten voller Süßigkeiten vermuteten. Minuten später kam auch Uwes Familie inklusive Opa Jupp und der inklusive Gebiss. Der wurde auch gleich darauf angesprochen, da Uwe seine Mitteilung nicht gerade leise verkündet hat Man kannte sich untereinander und da war ein lockerer Spruch auf Kosten von Opa Jupp wie Goldstaub, zumal der im Gesicht rot anlief, etwas in seinen Bart murmelte und einen Blitzeblick zu seinem Enkel schickte. Der das übrigens gar nicht registrierte da er viel zu aufgeregt war. Blitzeblicke sind übrigens Blicke von Leuten die einem damit andeuten wollen wenn man weitermacht, kann man was erleben und es aber nicht laut sagen können, weil sie sich da noch mehr plamieren, oder so. Nachdem nun alle noch pünktlich versammelt waren und die Väter stolz Ihre Fotos machten, natürlich nicht ohne mit Fachwissen zu geizen und die Vorzüge ihrer jeweiligen Kamera zu beschreiben,

kamen zwei Frauen vor an die Tafel und stellten sich vor.
„Liebe Kinder, mein Name ist Frau Müller, ich bin die Direktorin dieser Schule und möchte euch im Namen der gesamten Schulleitung und dem Lehrerkollektiv zu eurer Schuleinführung begrüßen“.
Frau Müller sah aus wie eine Oma und war auch so angezogen. Sie hatte schon graue Haare, Fältchen um den Mund und ein Paar lachende Augen in einem gutmütigen Gesicht. Mit einem Seitenblick und einer forschen Handbewegung fuhr sie fort.
“Und nun liebe Schulanfänger möchte ich euch eure Klassenlehrerin, Frau Schatz vorstellen. Bitte Frau Kollegin“.
Auf die Redewendung „Bitte Frau Kollegin“ trat die zweite Frau etwas nach vorn, neben den Lehrertisch und begann sich vorzustellen.
„ Ja liebe Kinder, ihr wisst ja nun schon das ich eure Klassenleiterin bis zur vierten Klasse bin und mein Name ist Frau Schatz. Wir sehen uns am Montag um halb acht hier in diesem, euren Klassenraum. Wir werden am Montag beginnen uns gegenseitig vorzustellen, damit ich mir eure Namen schnell merken kann“.

Die warme Stimme von Frau Schatz passte zu ihrem äußeren. Sie war in den Augen von uns Kinder so ein Muttityp. Sie war nicht groß, nicht mehr jung aber auch nicht alt. Ihre kastanienbraunen Haare mussten sehr lang sein, denn sie trug ihre Haare zu einem riesigen Dutt geformt.
Auch jetzt noch, Jahre später wenn ich mich an meine ersten Schuljahre erinnert, kann ich nicht sagen „das Schätzchen“, wie wir Schüler unsere Klassenlehrerin liebevoll nannten, jemals mit einer anderen Frisur gesehen zu haben, als wie mit Dutt. Ihre Augen strahlten Hilflosigkeit und Demut aus, dadurch weckte sie bei allen Jungen den Beschützerinstinkt und „das Schätzchen“ brauchte niemals um Ruhe fordern sondern nur um Ruhe bitten.
Nach ihrer kurzen Einweisung, wurden wir alle einzeln nach vorne gerufen.
Da bekamen wir Glückwünsche zur Schuleinführung, eine ABC Mütze für den Schulweg und endlich auch die Zuckertüte. Ich war damals so klein, das mein Vater Angst hatte ich kippe beim ersten Klassenfoto samt Zuckertüte um.

Bin ich aber nicht. Doch heute muss ich lächeln wenn ich an die Sorgen meines Vaters denke. Danke, Paps!
Nach dem knipsen des ersten Klassenfotos, allesamt mit Schultüte, ging es nach hause zu den Privatfeiern.
Der Weg war beschwerlich wegen der Schultüten, und ich glaube bei jedem meiner neuen Klassenkameraden ist nach dem halben Weg ein Elternteil nicht daran vorbei gekommen, sich als Träger der schweren Schultüten anzubieten.
Die restliche Familienfeier war wie bei jedem anderen auch. Bei uns kam noch Tante Brigitte und ein paar Kaffeetanten von meiner Mutter. Die Männer wurden im laufe des Abends immer lauter, und ich hatte das Gefühl man stellte bloß ab und zu eine Frage an mich, weil es zum guten Ton gehört. So mal es keinen interresierte was ich nach der Fragestellung antwortete. Schuleinführung ist halt auch nur ein Erwachsenenfeier.

Feuerzauber

In der Schule lief in den nächsten Wochen alles super.
Da wir aus verschiedenen Orten kamen, mussten wir uns erst mal kennen lernen. Dies lief mehr oder weniger reibungslos . Bis auf ein paar blaue Flecken bei uns Jungen zwecks Rangordnung.
Wir vier hatten Glück und konnten mehrere Auseinandersetzungen für uns verbuchen. Die Klassenkameraden aus den anderen Orten kamen zwar auch nicht allein, aber sie hatten ein Problem, sie waren sich nicht einig.
In unserer Freizeit verbrachten wir viel Zeit in den angrenzenden Wäldern und dehnten unsere Streifzüge immer weiter aus. Wir machten bei unseren Streifzügen einige Entdeckungen, von denen ich noch berichten werde.
Es war ein Samstag und wir langweilten uns seit nach dem Mittag bei Jörg auf dem Bauernhof. Es regnete, zwar nicht sehr aber beständig. Der Himmel war grau in

grau und man hatte am Nachmittag schon das Gefühl es dämmert schon. Der leichte Wind trieb bei ständigen drehen die Regentropfen auch in die Hofdurchfahrt und wir suchten uns einen neuen Aufenthaltsort.
Bei unserem Herumstreunen kamen wir in die Scheune mit dem eingefahrenen Stroh. Unten in der Scheune standen die Pferdewagen und Arbeitsgeräte für die Feldarbeit. Oben im Dachgeschoss befand sich alles voller Heu. Auch wir Jungen hatten einen Anteil daran, weil wir Jörgs Vater dabei tüchtig zur Hand gingen. Das Dachgeschoss der Scheune erreichte man über eine Außentreppe, deren Stufen schon ganz dünn waren. Die Treppe hatte ein Geländer und verlief oben wie ein Balkon.
Wollte man Jörg glauben, hat dies alles sein Urgroßvater gebaut mit Hilfe irgendwelcher Knechte. Es soll auch Bilder darüber geben, nur gesehen habe ich Sie bis heute nicht.
Doch zurück zum Heuboden.
Wir vier, noch ein bisschen gelangweilt und vom schlechten Wetter getrieben,

stöberten auf dem Heuboden rum, und fanden einen riesigen Karton.
"Klasse" meint Uwe,
„den verstecken wir ganz hinten unterm Heu und schon haben wir ein fetzige Bude".
„Für was den das?" fragte Jörg und sah fragend in die Runde.
„Na zum Versecken und Treffen, halt als Geheimversteck oder so".
Das Wort Geheimversteck weckte bei allen vieren von uns alle Lebensgeister. Wir suchten uns einen Winkel, weit weg von der Tür und hatten Stunden damit zu tun das Heu bei Seite zu räumen, um für den Karton Platz zu machen. Endlich hatten wir auf den rohen Holzdielen einen Platz freigeräumt, der groß genug war, das wir unseren Karton hinstellen konnten. Eins, zwei, drei hatte Uwe mit seinem Taschenmesser auch schon ein Loch als Eingang in den Karton geschnitten.
Nun machten wir uns daran den alten Heuberg wieder über den Karton zu häufen und bald sah alles so aus wie vorher.
Als nächstes gruben wir uns einen Gang von der Fensterseite aus quer durch den

Raum, unter dem Heu, zu unserem Versteck.
Andy seine Taschenlampe tat dabei hervorragende Dienste. Nun hatten wir ein Versteck das von der Eingangstür nicht mehr zu sehen war und auch der Zugang war perfekt getarnt.
Natürlich wäre es in so einem Versteck langweilig geworden, und deshalb zogen wir los, jeder zu sich nach Hause um Essen, Trinken und was gegen Langeweile für unser Geheimversteck zu holen.
Andy holte Kekse und Brause.
Uwe kam mit Kaugummi und Tarzahnheftchen.
Jörg brachte eine Knackwurst " frisch aus dem Rauch" wie er mit stolz geschwellter Brust verkündete.
Ich brachte für jeden einen Apfel mit und weil ich keinen fragen konnte, weil keiner da war, einen Schinken aus der Speisekammer mit.
Natürlich von hinten, damit es von vorne immer gleich voll aussieht.
Da wir nun für Tage genug rangeschleppt hatten, verkrochen wir uns in unserem Geheimversteck und mit der Hilfe von

Andy`s Taschenlampe blätterten wir in den Comicheftchen.
Irgendwann versagte die Taschenlampe ihren Dienst und es wurde langsam dunkel. Da hatte Jörg eine Idee. Schnell verlies er unser Versteck und kam in null komma nichts wieder zurück, mit einer Kerze und Streichhölzer.
„Die hab ich von unserer Grillecke, die vermisst sowieso keiner.
Ohne groß nachzudenken zündeten wir die Kerze an, aßen und tranken, blätterten weiter in unseren Comics und schliefen zu guter letzt auch noch ein ohne die Kerze auszublasen.
Mit einem lauten Krach wurden wir aufgeschreckt. Wie vier junge Katzen wurden wir im Genick gepackt, aus unserem Karton gerissen, dabei fiel die Kerze um und entzündete das Heu. Doch noch ehe sich das Feuer ausbreiten konnte wurde es von unseren Vätern ausgetreten. Als sie damit fertig waren bekamen wir wie auf Kommando alle eine geschmiert.
Na danke!
Heute bin ich froh darüber das uns unsere Väter nicht einzeln erwischt haben,

denn dann hätten wir ganz gewaltig den Arsch voll gekriegt. Ehrlich.
Wie sich herausstellte sind wir eingeschlafen und wurden zu den Abendmalzeiten vermisst. Unsere Eltern suchten uns, wobei die Männer unter dem Gezeter der Frauen ganz schön zu leiden hatten.
Irgendwann wurde auch der Heuboden untersucht, dabei fand man unser Geheimversteck,
lüftete es und bekam wegen der umgefallenen Kerze noch einen Adrenalinstoß, den wir ja dann auch zu spüren bekamen.
Zu heutigen Klassentreffen oder zeitweiligen Telefonaten untereinander fällt uns diese Geschichte immer wieder ein und wir stellen uns die Frage , was wäre passiert wenn die Kerze beim Schlafen umgefallen wäre?. Oder was wäre passiert wenn die Alten bei dem anfangenden Brand nicht schnell genug reagiert hätten?
Dank der Alten ist alles gut gegangen und wir hatten in der Schule mal wieder eine schöne Geschichte zu erzählen.

Buchenforstfest

An unserem Dorf grenzte ein Wäldchen, der Buchenforst. Ich habe nie herausgefunden warum sie so geheißen hat, denn Buchen habe ich da bis zum heutigen Tag nie bemerkt.
Heute weis ich noch das mich meine Mutter manches Wochenende mit einer Milchkanne aus Aluminium zu einer Quelle in den Buchenforst schickte um besonders gutes Wasser für den Sonntagskaffee zu bekommen. Und das war für einen Jungen meines Alters immer ganz schön aufregend. Besonders wenn er wie ich über eine besonders rege Fantasie verfügte. Manchmal machte mich der Weg durch den Wald so beklommen das ich kaum noch Luft bekam. Dann begann ich zu singen und zu schreien in der Hoffnung das alle (nicht vorhandenen) Räuber und Mörder den Wald verließen.
Einmal spielte mir meine Fantasie besonders böse Streiche und als ich endlich aus dem Wald trat mit meiner vollen Kanne Wasser begann ich vor

Übermut zu Laufen und schwenkte die Kanne wie ein Windmühlenrad.
Leider wusste ich damals nicht das der dünne Henkel der Fliehkraft nicht standhalten konnte und so machte sich die Kanne im hohen Bogen selbstständig und ich hielt bloß noch den Henkel mit dem Holzgriff in der Hand.
Als ich bei der Kanne ankam war sämtliches Wasser ausgelaufen.
Den Henkel konnte ich wieder anbringen aber um nochmals zur Quelle zu gehen war ich zu feige. Ich füllte dann die Kanne mit Wasser aus dem Hahn in unserem Waschhaus auf und da sie es nicht merkte, waren von dem Tag an die Wasser- hol - Märsche Geschichte.
Doch nun zurück zum Buchenforstfest.
Organisiert wurde es von unserem Chor aus dem Dorf. Damals hatte jedes Dorf einen Chor und man traf sich bei solchen Anlässen um zu zeigen das man der beste ist. Von heutiger Sicht finde ich es eine gute Tradition.
Das Fest wurde jedes Jahr in dem Buchenforst abgehalten. In dem Wäldchen gab es einen Festplatz an dessen Rand

auch die Quelle mit Mutters Sonntagskaffeewasser entsprang.
Der Waldrand um den Platz war Terrassenförmig angelegt, so das verschiedene Chöre auf verschiedenen Terrassen Ihren Wettstreit austragen konnten. Außerdem gab es immer ein Bierzelt, eine Kegelbahn zum zusammenstecken und die Feuerwehrkapelle spielte zum Tanz.
Das Fest war für die ganze Gegend ein Erlebnis. Man kam aus der Stadt und von vielen umliegenden Dörfern.
Für uns Jungen war das Fest die reinste Goldgrube. Als Steppkes durften wir an der Kegelbahn die Kegel aufstellen und die Kugel zurückrollen. War man dafür zu alt musste man sich ein paar Jahre mit Pfandgläser klauen über Wasser halten. Und um so länger der Tag, um so besser das Geschäft.
Dann als Jugendlicher, durfte man im Bierzelt kellnern und das brachte ganz schön Trinkgeld ein.
Ich glaube der einzige der mehr Geld scheffelte bei dem Fest wie wir war der Wirt vom Dorfkrug. Denn ihm gehörte das Bierzelt und die Kegelbahn.

Apropos Kegelbahn, da fällt mir doch noch was ein.
Bei uns im Dorf gab es zwei Bauern. Der eine war der Winzerbauer und der andere war der Wiesenhorst. Die waren das ganze Jahr die dicksten Freunde, aber wenn die Kegelbahn aufgebaut wurde da war`s vorbei mit der Freundschaft. Jeder von Ihnen wollte zeigen das er in seinem Alter der sportlichere ist und dabei vergasen sie jeden Sportsgeist.
Einmal kam der Winzerbauer hinten um die Kegelbahn rum geschlichen und sagte zu uns," wenn´s ihr das schafft, das bei mir alle Kegel umfallen, kriegt´s ihr zwanzig Mark."
„Klar schaffen wir das" sagte ich „her mit die zwanzig Mark".
Kurz nach Beginn des Wettkampfes im Kegeln schlenderte auch der Wiesenhorst vorbei und machte uns durch eine Finanzspritze (ebenfalls 20,-M) zu seinen Partnern.
Doch einer hatte den ganzen Schmu beobachtet. Jörg sein Vater hatte alles vom Podest des Feuerwehrorchesters aus gesehen und kam nun auf uns zu.

„Es ist mir egal was ihr abgefingert habt, aber wenn ihr keinen Finger rührt, haben wir nachher alle was zu lachen“.
Jörg´s Vater schmunzelte und ging.
Wir sahen uns an, zuckten mit den Schultern, denn wir hatten ja Rückendeckung und machten gar nichts, außer wozu uns der Wirt bezahlte.
Der Witz war das der Winzerbauer und der Wiesenhorst mit Abstand die letzten Plätze belegten, Bei jedem Stoß wurden sie vom Feuerwehrpodest mit lauten Lachen angefeuert. Zu uns sahen sie nach jeden Stoß mit Wutunterlaufene Augen, doch sagen konnten sie nicht´s ohne sich selbst zu verraten.
Noch heute auf Besuch bei meinem Vater, treffe ich ab und zu den Wiesenhorst, und mit einem Zwinkern im Auge sagt er immer „wir ham es nicht vergessen, mit die zwanzig Mark“.
Den Winzerbauer trifft leider keiner mehr, den kann man nur noch besuchen, Gott hab ihn selig, schade.

Musketiere

Der schönste Spielplatz in unserem Dorf war die Kirche samt Garten. Die großen Büsche und Bäume wiegten sich immer sehr geheimnisvoll im Wind und schienen von alten Zeiten erzählen zu wollen.
Da unser Pastor, Herr Koschinski, nicht mehr der jüngste war, sah der Kirchgarten auch immer etwas verwildert aus.
Einmal in der Woche lud Herr Koschinski uns Kinder zur Christenlehre ein.
Es war wie eine Märchenstunde aus der Bibel. Wir bekamen Tee und Fettbrote, liebevoll hergerichtet von der Frau Pastorin, einer mehr unscheinbaren Frau, und hörten den Geschichten von Herr Koschinski zu.
Nach der Christenlehre bekamen wir immer schicke Hochglanzbilder auf denen das Leben von Jesus abgebildet war.
Damals waren wir der Meinung das die den Kaugummibildern in nicht,s nachstanden.
Natürlich hatten wir bei der Christenlehre auch andere Interessen.

Da Herr Koschinski nie einen genauen Überblick über uns Kinder hatte, stöberten wir nicht selten in der Kirche rum, und fanden so manches Kellergewölbe und manche Tür die uns eine Gänsehaut auf den Rücken zauberte.
Im laufe der Zeit kannten wir uns in der Kirche recht gut aus. Wir wussten wie wir in den Glockenturm kamen und wir fanden eine verstellte Fensteröffnung durch die man von außen in die Kirche gelangen konnte, wann immer man wollte.
An einem Sonnabendvormittag waren wir vier unzertrennlichen bei Uwe zu Hause und sahen fern. Wir lümmelten uns auf dem Fußboden rum, kümmerten uns um die Plätzchen von Uwes Mutti, das heißt jeder passte auf das er nicht zu kurz kam, und bestritten sämtliche Abenteuer mit den Musketieren.
Ein toller Film und nicht langweilig.
Nachdem der Film zu Ende war, wussten wir natürlich was in unserem Dorf fehlte, vier Musketiere!
„Also“ rief Andy, „wer ist dafür das wir Musketiere spielen“.
Natürlich war das für uns alle klar.

Wir verabredeten uns gleich nach dem Mittagessen an der Quelle oberhalb des Dorfes.
Wir rannten nach Hause, um die Keller und Böden zu durchforsten um eine geeignete Ausrüstung zu finden.
Zu Hause angekommen, empfing mich meine Mutter mit den üblichen Worten: „renne nicht wieder weg, es gibt gleich Mittag“.
„Na prima“, dachte ich, und überlegte ob ich meiner Mutter erklären sollte das ich gar keine Zeit und aus diesem Grund auch keinen Hunger hätte, und es ein Wurstbrot auch tun würde. Doch ich entschied mich dafür den Mund zu halten, da das Verweigern von Mutters Kochkünsten durchaus mit Stubenarrest geahndet werden konnte.
In der Zeit die ich noch hatte, durchstreifte ich erst mal unseren Keller.
Dort fand ich Mutters Gummistiefel die sie zur Gartenarbeit anzog. Sie waren schwarz und der Schaft war drei Finger breit umgeschlagen. Mit zwei Putzlappen aus Vater`s Werkstatt, habe ich die Stiefelspitzen so ausgepolstert, das ich

nicht mehr wie eine Ziege im Melkeimer darin rum gerutscht bin.
In Vaters kleiner Werkstatt suchte ich mir eine Holzleiste aus, die vom letzten Drachenbau übrig geblieben ist. Mit einem Ast und selbstklebenden Heftpflaster fertigte ich daraus einen Degen – nicht schön, aber selten-.
Meine Mutter rief zum Essen. Kaum saß ich am Tisch nervte ich „kann ich nach dem Essen raus“?
„Können wir vielleicht erst mal essen?“ fragte mein Vater.
Und meine Mutter „wenn du weiter nervst, gehst du heute gar nicht mehr raus“.
Also hieß das für mich tapfer am Küchentisch sitzen bleiben, und den sonnabendlichen Eintopf in mich reinschaufeln. Meine Mutter war eine hervorragende Köchin, aber welcher Junge konnte das schon würdigen wenn er Hummeln im Allerwertesten hat.
Natürlich verbrannte ich mir mehr als einmal den Mund, trotz der Ermahnungen meiner Eltern.
Kaum war der Inhalt meines letzten Löffels im Mund fragte ich „kann ich jetzt?“

Mein Vater sah meine Mutter an, streichelte ihre Hand, zwinkerte mir zu und sagte „hau schon ab“.
Sekunden vor dem Erreichen der Wohnungstür, hallte die Stimme meiner Mutter durch den Flur „um sieben bist du zu Hause“.
Ich flitzte über den Hof, zog meine Sandalen aus und schlüpfte in die Gummistiefel. Danach ging es weiter, in Vaters Werkstatt. In der Werkstatt schnappte ich mir meinen selbstgebastelten Degen und im Galopp ging es zu unserem Treffpunkt. Kaum an der Quelle angekommen, musste ich feststellen das ich der erste war.
Um mir die Zeit zu vertreiben, kämpfte ich schon mal gegen Bäume und Sträucher. In den Gummistiefel rutschte ich jetzt auch nicht mehr so, da ich die Zehen krampfte und so etwas mehr Halt bekam.
Geraume Zeit später kamen dann auch Uwe, Jörg und Andy vereinzelt angehetzt. Jeder präsentierte sich den anderen.
Uwe besaß einen Umhang aus einem Bettlaken und als Degen einen abgeschnittenen Besenstiel wo der Griff mit einem ausgeschnittenen

Marmeladenglasdeckel aus Plaste abgegrenzt wurde.
Jörg profitierte von seinem letzten Faschingskostüm. Da er da als Pirat verkleidet war, sah er gar nicht übel aus mit einem Hut aus Krepppapier und einem Krummsäbel mit Scheide aus dem Spielzeugladen der nahe gelegenen Stadt.
Andy besaß einen grünen Hut von seinem Opa. Ebenfalls einen Bettlakenumhang, doch im Gegensatz zu Uwe seinen weißen, war Andys geblümt. Als Degen besaß Andy eine Stange von einer Scheibengardine die er verwegen durch den Gürtel seiner Lederhose geschoben hat.
Mit uns zufrieden begannen wir uns im fechten zu üben, doch die Übungsstunde endete bald mit einer Rauferei.
„Au“ brüllte Andy „biste blöde, so doll zuzuhauen“. Gemeint war Jörg, der ihm mit seinem Plasteschwert voll auf die Finger gehauen hat.
„Nich so doll“ schrie nun auch ich, da Uwe mit seinem Besenstiel meine Drachenleiste halbiert hat.
Mit Tränen in den Augen schmiss ich meinen halbierten Degen weg und warf

mich auf Uwe, der sich vor Lachen am Boden wälzte und sich den Bauch hielt. Eigentlich wollte ich Uwe richtig verdreschen, für das was er meinem Degen angetan hatte, aber so wie er sich kugelte war das nur ansteckend und so mussten wir alle lachen. Kaum hatten wir uns beruhigt sahen wir wie sich Jörgs Papierhut, der sich durch den Wind selbstständig gemacht hatte, im nahen Feuerwehrteich auflöste. Da ging das Gelache, außer bei Jörg, von vorne los denn Schadenfreude ist bekanntlich die beste Freude.

Nach unseren Lachattacken mussten wir einsehen das unsere Degen nicht so das Gelbe vom Ei sind, wie mein Vater es ausgedrückt hätte.

Demnach mussten neue Degen her, aber wie und aus was.

Die Lust auf Musketier spielen war uns so und so erst mal vergangen.

Wir stromerten den Dorfrand entlang über die Felder und Koppeln und kamen zu einer Baustelle für einen Neubau, einen hochmodernen Fünfgeschosser mit drei Eingängen. Uns war es strikt verboten uns auch nur der Baustelle zu nähern.

Aber es war Wochenende und keiner war da und weit und breit auch keiner zu sehen. Was sollte also passieren wenn wir das Verbot die Baustelle zu betreten einfach ignorierten.
„Los das gucken wir uns mal an", sagte Jörg.
„Ich weis nicht", meinte ich.
„Hast wohl Schiss"? fragte Uwe.
Auf einmal tönte Andy „einer für alle und alle für einen".
Wie auf Kommando stobten wir los in Richtung Baustelle. Dort angekommen schauten wir uns erst mal um. Der Rohbau war fertig.
Auf der einen Seite stand noch ein Bockgerüst.
Zementsilo, Bauwagen, Förderband und Steinstabel waren auf der Giebelseite platziert.
Fenster waren noch keine eingesetzt, aber zu hoch um reinzuklettern.
Die Türöffnungen waren mit Schalbrettern vernagelt und mit je einem Vorhängeschloss gesichert.
„Mist" meinte Uwe „hier kommen wir nicht rein".

„Aber hier“ rief Jörg, der schon um den Block rum geschlichen war.
Nach dem wir Jörg auf der Rückseite eingeholt hatten, zeigte er mit dem Finger auf sechs Kellerfensteröffnungen die für uns durchaus groß genug zum hineinklettern waren.
In einem Fenster war eine Betonrutsche aus Brettern, und so konnten wir ganz bequem in den Keller gelangen.
Doch wenn wir uns im Keller aus dem Lichtkegel des Fensters bewegten war es völlig duster und man sah die Hand vor den Augen nicht.
In der Ecke des Raumes hatte man angefangen eine Rohrleitung zu montieren, und da niemand damit gerechnet hat das jemand durch die Kellerfenster kommt, haben die Monteure ihr Werkzeug gleich dort gelassen.
Das mussten wir natürlich sofort untersuchen.
Als ich mich zu der Ecke begab rutschte ich auf etwas aus und konnte mich kaum halten. Es klirrte ganz hell in dem Raum.
Als ich nachsah auf was ich da getreten bin, glaubte ich nicht was ich da sah.

„Hey, kuckt mal was ich gefunden habe“ schrie ich.
Die anderen kamen ebenfalls an und Jörg meinte mit Kennermine „das sind Schweißdrähte, zum schweißen der Rohre“.
Als ich Uwe dabei mit großen Augen ansah, kapierte er sofort, „daraus bauen wir uns neuen Degen“.
Der Vorschlag wurde sofort in die Tat umgesetzt.
Jeder griff sich zwei Schweißdrähte und dann verließen wir die Baustelle im Eiltempo. Wir hatten es eilig nach Hause zu kommen und unsere Beute zu verstecken.
Das taten wir dann bei Jörg auf dem Hof, da waren Verstecke genug.
Da wir nicht erwischt wurden und die Beute versteckt hatten, erfreuten wir diesmal unsere Eltern durch pünktliches nach Hause kommen.
Gleich Montag nach der Schule trafen wir uns auf Jörgs Hof,
holten die Schweißdrähte aus dem Versteck und begaben uns in die Werkstatt von Jörgs Vater.

In der Werkstatt sah es aus wie in einer alten Schmiede mit Werkzeugen an den Wänden die schon uralt sein mussten.
So wie Jörg erzählte, konnte sein Vater alles reparieren was auf dem Hof kaputtging.
Wir sahen uns also um und fanden eine Werkbank mit Schraubstock.
Uwe nahm den ersten Schweißdraht, spannte ungefähr fünfundzwanzig Zentimeter ein und bog ihn zwei mal über dem Schraubstockbacken im rechten Winkel ab.
Jetzt sah der Schweißdraht aus als hätte er am Ende ein U. Danach nahm er das kürzere Ende, spannte es wieder in den Schraubstock und bog es noch einmal im rechten Winkel ab.
Als er dann die Schraubstockbacken öffnete, entnahm er diesen einen Schweißdraht der am Ende die Form eines Degengriffes hatte. Wir trauten unseren Augen nicht und waren einfach nur begeistert.
„Das hättet ihr nicht gedacht", meinte Uwe mit stolz geschwellter Brust, „den Trick hat mir gestern mein Vater verraten".

Wir ließen Uwes Vater hochleben, und Uwe vollbrachte das Wunder noch drei mal. Zwei Schweißdrähte mussten wir beiseitelegen, da nicht jeder gleich gut gelang. Doch dann war es geschafft, wir hatten unsere vier Degen und für uns sahen sie aus wie im Film.
Wir fühlten uns wie Musketiere.

Kirchenzauber

Nachdem nun jeder seinen ungemeinen gut gelungenen Degen mit nach Hause genommen hat, wurden wir nicht müde, eine ganze Woche Musketier zu spielen. Bis zum Sonntag.

Die Sonntagsmesse war schon lange vorbei. Das von uns gefundene verstellte Fenster wurde von außen beräumt, und schon hatten wir freien Zutritt zum schönsten Spielplatz der Welt.

Obwohl wir die Kirche gut kannten,

war es doch etwas unheimlich zu viert im Kirchenschiff zu stehen und sich nur flüsternd zu unterhalten,

da jedes laut gesprochene Wort für unsere Ohren fürchterlich schallte.

Wir schritten durch die Bankreihen in Richtung Altar, an dem beidseitig die Treppen zur Orgel verliefen.

Das kirchliche Erscheinungsbild hatte in unserer Fantasie viel mit dem Kardinalspalast aus dem Film gemeinsam.

Wir teilten uns auf in Kardinalisten und Musketiere,

wobei Uwe und Jörg als Kardinalisten die Treppen zur Orgel verteidigen mussten. Andy und ich dagegen sollten versuchen über die Treppen zur Orgel zu gelangen. Der Kampf begann oder sagen wir lieber die Rauferei da auf den engen Treppen die Degen bloß behinderten.
Nach einem kurzen blutigen Kampf, eine Kratzwunde an der Stirn, zwei aufgeschlagene Ellenbogen und eine blutige Nase, hatten Andy und ich die Treppen eingenommen und Uwe sowie Jörg zogen sich zurück zur Orgel.
Mit einem „Ergebt euch, ihr Halunken" schritten wir in Richtung Orgel.
„Niemals" schrie Uwe, und auf einmal flog mit einem lauten Krachen die Kirchentür auf, das helle Tageslicht bildete einen hellen Kreis auf den Bodenfliesen, und inmitten diesem Licht stand Herr Koschinski.
Wir kannten Ihn nur als ruhigen netten Mann, doch nicht an diesem Sonntag.
„Was macht ihr in meiner Kirche" schrie er „macht sofort das ihr da runter kommt".
„Ihr könnt was erleben, wenn ich euch in die Finger kriege"

Wir vier waren wie vom Donner gerührt und konnten uns kaum bewegen.
Wie die Deppen glotzten wir von oben auf unseren Pastor.
Der erste der sich aus seiner Starre befreite war Uwe.
„Einer für alle und alle für einen“ schrie er, zog seinen Degen.
Als wenn wir drei nur darauf gewartet hatten, zogen wir nun auch unsere Degen und rannten alle zur hinteren Treppe, um unseren Pastor zu entkommen.
Dabei streifte Uwe, mit oder ohne Absicht, mit seinem Degen die einzelnen Pfeifen der Orgel. Dieses Pling, Pling, Plong, Plong entriss unserem Pastor nur ein aufschreiendes „nein“.
Da uns der Weg zum Fenster durch Herr Koschinski versperrt war, zogen wir uns in den Glockenturm zurück. Dies war der einzigste Weg der für uns noch offen war.
Mittlerweile beschlich uns Angst vor Bestrafung und wechselte in Panik
Der erste Teil des Kirchturmes war durch Holztreppen begehbar, und wir hasteten sie hoch. Danach waren nur noch Podeste im Turm, die durch Leitern erreicht werden

konnten. Wir hasteten die erste Leiter nach oben und erreichten das erste Podest. Genau in diesem Augenblick betrat der Pastor den Turm.
Als er unseren Fluchtweg sah rief er nur „Jungens hört auf, die Podeste sind doch alle morsch“.
Wie auf Kommando blieben wir wie angewurzelt stehen, und trauten uns keinen Schritt mehr zu gehen.
„Versucht euch nicht zu bewegen“ rief uns Herr Koschinski zu, und versuchte über die Leiter zu uns zu kommen. Doch durch sein Gewicht begann das Podest zu knarren an dem die Leiter angelehnt war.
„So geht das nicht“ sagte er „ich muss die Feuerwehr arlamieren. Ihr bleibt ruhig da stehen, ich bin in fünf Minuten wieder da“.
Er war in fünf Minuten wieder da und sprach ruhig mit uns wie wir uns verhalten sollten. Fünf Minuten später schoben sich die ersten Mitglieder der Feuerwehr in den Glockenturm und noch fünf Minuten später versammelte sich das ganze Dorf in und um die Kirche. Die einen beratschlagten wie sie uns da runter holten,
die anderen ob wir ein Segen für diese Welt wären.

Wir vier wollten bloß noch nach unten, die Bestrafungen die folgten waren uns völlig egal. Die Männer beratschlagten sich und holten von der nahen LPG Gerüstmaterial. Dies wurde im Turm aufgebaut, bis man an unser Podest heranreichte.
Dann ging alles ziemlich schnell,
wir wurden einzeln nach unten gehoben und Jörgs Vater, der uns unten in Empfang nahm, gab auch gleich jeden eine schallende Ohrfeige und an seinem roten Kopf konnte man sehen das er sich arg zusammenreisen musste um sich nicht gehen zu lassen. Da standen wir nun in unseren jetzt lächerlichen Kostümen und wurden von Herr Koschinski in Empfang genommen.
Jörgs Vater begleitete seinen Sohn mit einer Hand am Ohr gleich nach Hause.
Die Oma von Uwe nahm ihren Enkel in Empfang und drohte ihm mit einem Sommer Hausarrest.
Andy wurde von einem Feuerwehrmann und Nachbarn nach Hause gebracht und mich begleitete natürlich Herr Koschinski selbst.
Als mein Vater die Tür öffnete, sagte er bloß einen Satz „Verschwinde in dein

Zimmer und komm ja nicht raus bevor ich dich rufe“.
Mit Herr Koschinski ging er in die Küche und sie hatten ein längeres Gespräch.
Nachdem der Pastor gegangen war ging bei uns richtig die Post ab.
„Undank ist der Welten Lohn“ oder „Wegen dir kommt uns noch die Polizei ins Haus“ waren glaube die harmlosesten Sätze die ich von meinen Eltern hörte.
Am nächsten Tag in der Schule ging das ganze Theater von vorne los.
Erst Schulleitung dann Klassenlehrer.
Frau Schatz war an diesem Tag auch kein Schätzchen und lies uns gleich nachsitzen zum nachdenken.
Dank Uwes Redegewandtheit konnten wir uns wenigstens von unseren Mitschülern bestaunen lassen, denn Uwe erzählte die Geschichte so blumig und an der Wahrheit vorbei, das wir Heldenstatus erreichten.
Trotzdem folgte die Strafe auf den Fuß.
Zwischen drei und fünf Wochen Hausarrest und nach der Schule herrichten des Kirchgartens.
Na danke.
Wenn wir uns später darüber unterhalten haben, sind wir eindeutig der Meinung, das

wir ganz glimpflig davon gekommen sind. Uns ärgert nur das die Kirche ein Gerüst hat, was ihr nicht gehört. Denn wir gehen jede Wette ein, das Ding steht heute noch im Glocketurm.

Steinweitwurf

Irgendwann im Herbst war uns mal wieder völlig langweilig. Also bestiegen wir den Berg hinter unserem Dorf, um auf dessen Hochplatou eine Scheune zu besichtigen, die da stand und das letzte Gebäude eines alten Gutes war.
Oben angekommen sahen wir das die Scheune völlig leer war und damit für uns ohne Interesse.
Wir streunerten daher auf dem Platou herum und kamen an einen Abhang aus Kalksandstein und völlig ohne Baumbewuchs. Von dort oben lag das Nachbardorf ganz nah und man konnte den ganzen Ort einsehen. Unterhalb des Abhanges verlief ein Weg und gleich an diesen Weg schmiegten sich Wiesen hangabwärts bis zu den Rückfronten der ersten Höfe.
Selbst heute bin ich noch der Meinung das ich nie ein schöneres Dorf kennen gelernt habe. Eingebettet in ein Tal und im Rücken die Berge, so vollkommen eins mit der Natur.

Na ja, jedenfalls war uns langweilig und wir begannen mit den Füßen Steine loszutreten, die dann ins Tal polterten. Irgendwann verschwanden sie aus unseren Sichtfeld um gleich darauf wiederzuerscheinen und auf den Wiesen auszurollen und liegen zu bleiben.
„Wer seinen Stein am weitesten rollt wird nachher getragen“ forderte uns Andy auf und wir nahmen sein Angebot an.
Erst waren die Steine Faustgroß.
Dann wurden sie so groß wie unsere Köpfe. Da konnten wir sie schon kaum noch tragen. Aber um so größer der Stein, um so weiter kollerten sie im Tal über die Wiesen.
Genau am Rand des Abhanges lag ein Stein, nein ein kleiner runder Felsen, von der Größe eines Medizinballs oder Kürbis. Uwe setzte sich darauf um zu verschnaufen, denn er hatte gerade den größten Stein nach unten gewuchtet und sich diebisch gefreut das er es bald bis zum ersten Hof geschafft hatte.
Als er aufstehen wollte bemerkte er das der Stein sich bewegte.

„Hey“ rief er „wenn wir alle anfassen rollt der bestimmt von alleine los“ und sah uns begeistert an.
„Na dann, alle ran“ rief Jörg und kniete schon vor dem Fels. Nach einem zweimaligen „Hau Ruck“ löste sich der Stein aus seiner Ihm angestammten Lage. Er kippte über den Rand der kleinen Mulde in der er lag, hielt kurz still als er den Todpunkt genau über den Rand erreichte. Der Druck wurde ein wenig erhöht, in dem wir uns dagegenstemmten, und der Todpunkt war überschritten.
Erst sah es so aus als ob der Stein so stehen bleiben wollte, doch dann machte er eine erste halbe schwerfällige Drehung in Richtung Tal. Die nächsten zwei Drehungen waren noch verhalten und dann kam der Stein richtig in Schwung. Die nächsten Sekunden verloren wir ihn aus dem Blick, doch dann tauchte er wieder auf. Mit einem Affenzahn rollte er ins Tal hinab, doch irgend etwas hatte seine Richtung leicht geändert.
Wir sahen wie er donnernd den Abhang hinunter stob, ein Stück den Weg zwischen Abhang und Wiesen nahm und dann als der Weg eine Kurve machte und den

Geradeauslauf des Steins nicht mehr unterstützte, raste der Stein durch einen kleinen Graben, der längs des Weges gezogen wurde, damit das Regenwasser, das von dem Weg lief, versickern konnte, und hob ab und begann zu fliegen wie ein Skispringer im Winter. Der Stein drehte sich leicht und seine Flugbahn musste genau im Giebel einer Scheune enden. Wir sahen mit offenen Mündern zu, wie unser Riesenstein in die Giebelwand der Scheune ein riesiges Loch riss.
Mit gepolter verschwand der Stein hinter der Mauer und das schwarze Loch in der Wand sah aus wie ein Riesenmaul.
Uwe war der erste der sich aus seiner Starre löste. „Ach du Scheiße, Rückzug" schrie er, wo er dieses Wort auch herhatte, es sagte alles. Wir rannten los wie die Irren, nur um recht weit vom Ort des Geschehens weg zu sein.
Als wir den Berg auf unserer Seite vom Dorf hinunter stolperten, hatte ich arge Bedenken. Wenn uns nun jemand sieht, kann er sich doch alles zusammenreimen, wenn das mit der Scheune bekannt wird. Also teilte ich die Bedenken meinen Freunden mit.

„Dann los“ sagte Jörg, unser Stratege „wir gehen ums Dorf herum, bis zum Teich auf der anderen Seite und tun so als wenn wir angeln“

Die Idee wurde für gut befunden und wir rannten zum Teich. Dank unserer Faulheit waren dort auch unsere Angeln, da wir sie immer versteckten damit wir sie nicht tragen mussten. Am Teich angekommen holten wir die Angeln aus dem Versteck, gruben jeder ein paar Würmer aus und begannen zu angeln. Andy und ich hatten sogar Glück, wir fingen jeder eine Rotfeder. Am Abend gingen wir dann nach Hause und als ich da ankam fragte mein Vater „ wo warst du denn heute den ganzen Tag“ und ich antwortete „Angeln“ dabei legte ich den Fisch ins Spülbecken. Mir entging nicht der Blick den mein Vater meiner Mutter zuwarf.

Glück gehabt!

Lieber Gott ich danke dir.

Noch heute sieht man wie groß das Loch in der Wand war, denn es wurde mit andersfarbigen Steinen wieder geschlossen.

Wenn man das Dorf über den Weg verlässt, über den unser Stein gedonnert ist, kann man es genau betrachten.
Der Stein selber wurde nach dem Einschlag in der Giebelwand von dem Hofbesitzer als Dekoration in dessen Vorgarten gelegt.
Ich glaube heute, mehr als Mahnung.
„Gott sei Dank“ ist keinem was passiert.

Burschenhaus

Im Nachbardorf, dem Wohnort meiner Tante Brigitte, die übrigen nicht meine richtige Tante sondern eine sehr gute Freundin meiner Mutter war, gab es ein Bolzplatz etwas außerhalb des Ortes.
Am Rande des Ortes schlängelte sich ein Weg den Berg hinauf und auf der ersten Anhöhe gab es eine Ebene auf der irgendwann von der Dorfgemeinschaft ein Bolzplatz für die Dorfjugend hergerichtet wurde. Dieser Platz wurde dann auch zu allen Anlässen im Jahr, Feierlichkeiten auszutragen genutzt.
Es war übrigens der einzige Bolzplatz weit und breit, denn der Schulsportplatz war immer verschlossen und über den Zaun klettern konnte schief gehen, denn mit unserem Hausmeister, Herr Gerlach,
ein alter Eigenbrödler mit Stiernacken und Glatze, war nicht gut Kirschen essen.
Wenn der einen erwischte, war ein Besuch bei der Schulleitung fällig und es konnte schon mal einen blauen Fleck am Oberarm bedeuten. Einen Griff hatte der, Junge, Junge.

Na, egal. Am Rand dieses Bolzplatzes gab es noch ein kleines Häuschen. Es war im Landestypischen Fachwerk errichtet. Es duckte sich halb unter die Krone einer Linde und war im Sommer kaum auszumachen. Die Balken hatten im laufe der Zeit vom Regen und der Sonne Risse bekommen und sie waren so schwarz wie die Fensterläden und die Tür.
Das Dach bestand aus mehreren verschiedenen Ziegeln, was eben jeder übrig hatte. Dieses Häuschen wurde eigentlich als Geräteschuppen gebaut, um Stühle, Bänke und einen großen Grill unterzubringen wenn mal nicht gefeiert wurde.
Doch nach und nach bemächtigten sich die jugendlichen Burschen und Mädchen des Häuschens und so entstand der Name Burschenhaus. Es wurde deren Treffpunkt zum quatschen, Musik hören, die zu Hause wegen ihrer Lautstärke verboten war und natürlich anderer Sachen.
Für uns Kiddis war das Burschenhaus verbotenes Terrain und doch interresirten uns natürlich die anderen Sachen.

Es machte sich das Gerücht breit, das die Jugendlichen sich dort Nachmittags auch zum Knutschen und Rummfummeln trafen. Da das für uns vier absolutes Neuland war, dachten wir daran, uns auf diesem Gebiet etwas zu bilden und ein Fernkurs zu belegen.
Wir gingen also öfter Bolzen und siehe da, ab und zu verschwanden welche im Häuschen und die Tür und Fenster wurden verrammelt, so das man auch ja keinen Blick ins innere werfen konnte. Richtig rann getraut an die Fensterläden haben wir uns nie, denn vor den Großen hatten wir ganz schön Manschetten.
Aber wissen was sich da drinnen abspielt wollten wir doch.
Also bedurfte es eines Planes.
Der war so einfach, das wir selber staunten.
Das Burschenhaus hatte in dem zur Linde stehenden Giebel eine Luke unterhalb des Daches. Dies war früher so üblich, um den Dachraum begehen zu können oder als Stauraum zu benutzen.
Wenn man auf die Linde kletterte, konnte man sich über einen Ast bis zu der Luke

hangeln und schwups, war man auch schon drin.
Der Dachboden nur mit Brettern ausgelegt und auf den Brettern war Heu verteilt. Wenn man das Heu etwas beiseite schob, entdeckte man im Bretterboden genug Ritzen und Spalten die den Blick ins innere des Burschenhauses zuließen.
Nachdem wir das alles ausbaldowert hatten, nahm unser Plan langsam Gestalt an.
An einem Wochenende mussten Uwes Eltern auf einen Kongress für Apotheker. Demzufolge war er mit seiner Oma allein. Das hieß im Klartext, sturmfreie Bude. Jetzt mussten Andy, Jörg und ich nur noch unsere Eltern dazu bringen, das wir das Wochenende bei Uwe verbringen durften, zum Zelten etwa. Nach tausend Fragen und Ermahnungen haben dann unsere Eltern zugestimmt, das wir bei Uwe am Wochenende schlafen durften.
Die einzigen, die nichts davon wussten, waren Uwes Eltern selber.
Also machten wir uns am Freitag nach der Schule unter nochmaligen Ermahnungen unserer Eltern, mit unseren sieben Sachen auf den Weg zu Uwes zu Hause.

Wir bauten bei Ihm im Garten die Zelte auf, bliesen unsere Luftmatratzen auf so das wir danach rote Köpfe hatten wie Tomaten, legten unsere Schlafsäcke darüber und vertilgten den Kuchen von Uwes Oma.
Am Abend verkrochen wir uns in unsere Zelte und waren schon völlig aufgeregt was wir am nächste Tag so alles sehen sollten.
Jörg war der Meinung wir sollten uns schon Vormittag auf dem Dachboden im Burschenhaus verstecken, doch ich war der Meinung „nach dem Mittag von Jupps Oma reicht auch“. Die anderen sahen ein das man die Kochkunst von Uwes Oma nicht verschmähen sollte und wir einigten uns nach dem Mittag loszuziehen.
Nach dem Mittag am nächsten Tag, es gab Linseneintopf mit richtig Wurst drin, machten wir uns mit unseren Fahrrädern auf den Weg. Nach einer Stunde in die Pedalen treten, vorbei an Rapsfeldern und Obstplantagen konnten wir den Bolzplatz samt Burschenhaus und der alles überragenden Linde vom Nachbarort sehen. Wir ließen unsere Fahrräder in einem Gebüsch verschwinden,

damit sie uns nicht verrieten und machten uns zu Fuß auf den Rest des Weges.
Der Platz lag da wie ausgestorben, keine Fahrräder, keine Mopeds, also schlichen wir uns zur Linde. Um den ersten Ast zum raufklettern zu erwischen machte Andy für uns die Räuberleiter. Er lehnte sich mit dem Rücken an den Stamm der Linde, verschlang seine Finger beider Hände so vor seinem Körper, das die Handflächen nach oben zeigten.
Nun konnten wir nacheinander jeder einzeln mit einem Fuß in Andys Handflächen treten uns mit einer Hand an seinem Nacken festhalten,
etwas hochziehen, auf seine Schultern klettern und von dort erreichten wir den ersten Ast um auf die Linde zu kommen.
Andy folgte uns zum Schluss ohne Räuberleiter, wie auch immer, ich glaube es lag daran das er etwas größer war als wir.
Auf dem Baum gab es keine Probleme denn wir waren Kletterkünstler. Hier oben brauchten wir auch keine Angst zu haben, entdeckt zu werden, denn die Lindenkrone verbarg uns völlig. Luke auf, alle rein, Luke zu. Das war Sekundensache.

In dem Dachboden war es völlig Dunkel. Nur durch die angelehnte Luke kam ein Sonnenstrahl und lies in ihm den Staub tanzen. Wir saßen da und gewöhnten uns langsam an die Dunkelheit.
Uwe sprach aus was wir alle dachten „wenn die uns hier erwischen, dann gibt es richtig Kloppe".
„Haste Schiss" flüsterte Jörg.
„Ich glaube schon" flüsterte Uwe zurück.
Uwes Ehrlichkeit tat gut, denn uns anderen ging es genau so.
Nachdem sich unsere Augen an die Dunkelheit gewöhnt hatten, fanden wir uns langsam zurecht. Jeder suchte sich eine Stelle wo er sich auf den Bauch legen konnte, schob mit den Händen das Heu vor dem Gesicht beiseite und suchte sich einen Spalt zwischen den Brettern um nach unten ins Burschenhaus zu lugen. Da es noch früher Nachmittag war, hielten wir es vor Hitze unter dem Dach kaum aus. Die Luft war voll vom Aroma des Heus. Da wir Angst hatten entdeckt zu werden vermieden wir es mit einander zu reden. Jeder versuchte es sich in dem Heu so gemütlich wie möglich zu machen und döste vor sich hin. Uns war zwar klar das

wir hier oben verharren mussten bis der letzte Jugendliche das Haus verlies, denn jedes Rascheln musste unten sofort bemerkt werden.
Aber das Zeit so endlos langsam verging wenn man auf etwas wartet, war uns dann doch nicht bewusst.
Da schlug eine Tür und ein Moped fing an laut aufzuheulen. Ein zweites und ein drittes folgten. Ich hörte dumpfe Worte wie „Servus“ und „bis nächsten Sonnabend“, „war geil“ und „tschau“.
War ich eingeschlafen? Ich war total benommen. Was war mit den anderen, warum hat mich keiner geweckt?
„Hey“ flüsterte ich „Uwe, Andy, Jörg“? Doch ich bekam nur ruhige Atemzüge zur Antwort, bis auf das einer furzte.
Langsam bewegte ich mich in Richtung Luke und schob sie ein klein wenig auf. Die Dunkelheit der Nacht wich schon langsam dem beginnenden Morgen.
Da fiel es mir wie Schuppen von den Augen. Wir haben das ganze Zenario, weswegen wir hier waren, einfach verpennt. Und nicht nur das, wir waren auch die ganze Nacht nicht zu Hause.
Na Prost Mahlzeit.

Ich drehte mich um und begann die anderen wach zu machen.
Andy fuhr hoch und herrschte mich an „biste ruhig, wenn die uns erwischen“.
Ich musste grinsen und erwiderte nur „Entwarnung du Held, wir haben alle hier gepennt. Die da unten“, ich zeigte mit den Finger nach unten, „sind gerade abgedampft“.
„Und nun, alles umsonst“? fragte Jörg.
„ Ich glaube wir haben noch ein ganz anderes Problem“ sagte ich und schob dabei die Luke auf.
Als die anderen sahen wie der Himmel über den Bergen langsam heller wurde sagte Uwe nur „ach du Scheiße, meine Oma“ und setzte noch einen Furz drauf.
Doch wir alle wussten was er meinte, denn das ausbleiben die ganze Nacht ist doch garantiert nicht unbemerkt geblieben.
Wie auf Kommando hasteten wir zur Luke, einer nach dem anderen auf die Linde von dort einen Sprung nach unten.
Unten rappelten wir uns auf und hasteten zu unseren Rädern.
Wir zogen sie aus dem Gebüsch und rasten zurück zu unserem Dorf. Von weiten konnte man schon sehen das die Höfe von

Jörgs und Andys Eltern hell erleuchtet waren. Wir konnten uns auch denken warum. Das unser Ausbleiben unbemerkt geblieben ist, konnten wir uns in die Haare schmieren.
Aber was tun?
Wir schlugen einen Haken. Alles war still und wir schlichen uns von hinten zurück in Uwes Garten.
Doch da war die Stimme meines Vaters „na, schwere Nachtschicht geschoben, ihr Lauser“. Er erhob sich aus meinem Zelt, kam auf uns zu und ich kriegte erst mal eine schallende Ohrfeige.
Die anderen duckten sich gleich mit, doch mein Vater brummte nur „na, na, eure Eltern soll`n doch auch was zu tun kriegen“ und scheuchte uns in Richtung Jörgs Hof.
Als wir dort durch die Hofeinfahrt kamen sahen wir das halbe Dorf versammelt, inklusive Polizei und Pastor.
Nachdem wir erzählt hatten wo und warum wir uns die ganze Nacht draußen rum getrieben haben, mussten einige Männer schmunzeln und einige Frauen brabbelten was von „Jugend von heute“.
Doch eine Abreibung hat dann jeder zu Hause doch bekommen.

Wir hatten das Gefühl eine Woche lang
nicht sitzen zu können,
so weh tat der Allerwerteste.
Die Geschichte machte im Dorf die Runde
und selbst nach Jahren,
wenn wir im Morgengrauen vom Tanz oder
von einer Disco kamen, fragten die Leute
die uns trafen „na wieder auf dem
Dachboden geschlafen“?
Ha, ha, sehr witzig.

Gefangen im Fuchsloch

Es war mal wieder so weit. Sommerferien, die Sonne knallte ohne unterlass, in der Hitze war es nicht auszuhalten.
Die lange Weile hat uns schon so fürchterlich zugesetzt, das wir nicht mal Lust hatten zum Konsum zu gehen und uns ein Eis zu genehmigen. Alle vier lagen wir auf der Wiese hinter Jörgs Hof, kauten an Grasstängeln und schauten den vereinzelten Wolken im sonst so blauen Himmel hinterher.
„ Ey schaut mal, die Wolke davorne sieht aus wie der Buckel von Bauer Johann“, sagte Andy in die Stille hinein und wies uns den Blick mit seiner Hand zu einer Wolke die wirklich aussah wie ein übergroßer Buckel.
Bauer Johann war übrigens ein Mann der einen kleinen Hof am Rande unseres Ortes besaß und immer was für uns zu tun hatte wenn wir zusätzliches Geld brauchten.
Zum Beispiel Schafe ausmisten für zehn Mark. Oder Kirschen ernten, für eine Mark den Korb. Bauer Johann hatte halt auch diesen Buckel und war nicht sicher vor

unserem Spott. Bis er uns mal kaschte und aus seinem Leben erzählte. Von da an fanden wir Ihn nett und haben auch öfter unser Taschengeld bei Ihm aufgefrischt. Doch zurück zu unserer Wiese.

„ Mir iss langweilig ohne Ende“, quengelte Axel rum.

„ Viel zu warm um irgendwas zu machen“, meinte ich.

„ Wir sind ja auch blöde“, meinte Jörg, „ statt wir uns in den Wald verpissen,
da haben wir Schatten und die Hitze merkt man auch nicht so.

Die Idee wurde von allen als gut empfunden. Nun beratschlagten wir noch was wir den anstellen wollten und einigten uns auf eine Expedition zum Fuchsloch. Das Fuchsloch war eine Höhle die in einem Berg entstanden war, durch den Abbau von Lehm den die Bauern früher als Baumaterial verwanden. Am Fuß dieser Höhle ging früher ein Weg vorbei, doch im Laufe der Zeit hat man den Weg immer mehr mit Lehm aufgefüllt und verfestigt. Dies hatte die Ursache das bei Regenwetter dieser Weg unpassierbar war. Durch den Regen wurde der richtig schmierig, und kam man erst einmal ins

Rutschen, gab es kein halten mehr und man stürzte unweigerlich über den Wegrand den Abhang hinunter,
in die Tiefe.
Doch wir hatten Bombenwetter. Weit und breit kein Regen in Sicht. Also wurde klar gemacht wer was holt und wir trafen uns am Ende vom Dorf auf dem Weg zum Buchenforst.
Keine viertel Stunde später waren wir alle am Treffpunkt versammelt. Der Schweiß lief uns in Strömen, doch das war uns egal denn wir liebten alle das Wort Expedition, auch wen es nur Wanderung bedeutete. Alle vier hatten wir einen Campingbeutel auf dem Rücken mit Trinkflasche und Hansakekstüte als Inhalt. Jupp hatte mal noch fix die Wäscheleine seiner Oma aufgerollt und sie sich über die Schulter geschmissen. Er sah wirklich aus wie ein Bergsteiger. Was wir für wichtig erachtete hatten wir, also los. Bescheid gesagt hatte natürlich keiner, warum auch, wir wollten ja nur zum Fuchsloch.
Im Gänsemarsch nahmen wir den Anstieg zum Fuchsloch in Angriff. Wir brauchten bestimmt zwei Stunden für den Weg,

da wir durch die Sonne genötigt, immer öfter eine Pause machen mussten. Am späten Vormittag hatten wir es dann geschafft, wir waren am Fuß zum Eingang der Höhle und fix und fertig.
Logisch bei dem Wetter! Noch eine kleine Anhöhe und wir waren drin. Mit dem ersten Schritt in die Höhle umgab uns eine erfrischende Kühle. Wir nahmen unsere Campingbeutel ab, setzten uns hin, und genossen den unbegrenzten Blick über unser bewaldetes Tal, einen Ausläufer vom Thüringer Wald.
Es war herrlich anzusehen wie sich die Wipfel und Kronen der Laub- und Nadelbäume zu einem wogenden Meer von Gelb über verschiedenster Farbnuancen von Grün bis Rot und Braun zusammenschlossen.
Als einzigste Insel in dieser Farbenpracht stach der Kirchturm in weiter Ferne hervor und grüßte uns mit seiner matt blinkenden metallenen Spitze, in der sich die Strahlen der Sonne brachen.
Kein anderes Haus, kein Dach war zu sehen, der Wald hielt alles bedeckt.

Selbst wir vier Bengel, von Romantik keine Spur, mussten bei so viel heimatlicher Schönheit den Atem anhalten.
Doch in Atem anhalten waren wir nicht so gut.
Demzufolge bekamen wir schon wieder Hummeln in den Hintern und nach einem Schluck zu trinken und zwei Keksen machten wir uns an die Erforschung des Fuchsloches. Ich und Andy hatten jeweils eine Taschenlampe mit und leuchteten erst mal in die Höhle hinein. Die Lichtstrahlen wurden von der Dunkelheit der Höhle aufgezogen und es blieb ein dunkles Loch. Erst als wir ein paar Schritte gegangen waren und sich unsere Augen vom Sonnenlicht an die Dunkelheit gewöhnten, nahm das innere der Höhle langsam Formen an. Wir ließen die Lichtkegel unserer Taschenlampen über den Boden und die Wände wandern und sahen uns alles in Ruhe an. Wir hatten schon viel über das Fuchsloch gehört,
viele Geschichten die uns jetzt eine Gänsehaut auf die Arme zauberten und in unserem Nacken ein komisches Kribbeln verursachte.

Ehemalige Soldaten sollen sich hier versteckt haben, oder ab und zu soll auch mal ein Landstreicher die Höhle als Unterschlupf auf seinen Wanderungen benutzt haben. Man soll dann den Schein des Lagerfeuers vom Kirchturm aus gesehen haben.
Was ist wenn jetzt gerade so ein Landstreicher in der Höhle ist,
oder ein Mörder oder ein Kinderfänger.
Die Fantasie spielte uns tolle Streiche und jeder fasste den anderen am Arm,
nur um nicht das Gefühl zu haben allein zu sein. Die milchigen Lichtkegel wanderten an den Wänden entlang, die sehr glatt waren. Der Boden war hart und ausgetreten, jetzt beleuchteten die Lichtkegel wirklich eine alte Feuerstelle und wir hielten den Atem an.
Langsam bewegten wir uns vorwärts, immer darauf bedacht schön eng zusammenzubleiben.
Die Höhle war leer.
Unsere Neugier bezwang unsere Angst und wir drängten nach vorn. Überall waren Ausbuchtungen, wo man den Lehm abgebaut hatte. Die Gänge waren immer

nur so hoch, das man einen Handwagen bequem hindurchschieben konnte.
Aber weder Totenköpfe, Fledermäuse oder Füchse, wie hinter vorgehaltener Hand weitergegeben wurde, haben wir im Fuchsloch gefunden.
Als die Batterien immer schwächer wurden blies Andy dann zum Rückzug.
„ Los, lasst uns wieder nach vorne gehen, hier gibt es sowieso nichts mehr zu sehen“.
Wir gingen zurück zum Eingang der Höhle und draußen wurde es schon dunkel.
„ He, wie spät issn das“ , fragte Andy und Jörg schaute auf seine Uhr am linken Handgelenk.
„ Kurz vor halb drei“, antwortete dieser.
Aufatmen war angesagt, den nach dem Tageslicht zu urteilen war es mindestens schon sieben Uhr durch.
An der Feuerstelle die wir gefunden hatten, machten wir ein kleines Lagerfeuer.
Das ist ja wohl logisch.
Keine Expedition ohne Lagerfeuer.
Nachdem ich es angebrannt hatte und Jupp richtig Holz aufgeschichtet hat,
fing es erst mal fürchterlich an zu qualmen.
„Idiot“, sagte ich zu Uwe.
„Selber“, kam die Antwort.

Kurzer Blickkontakt, Grinsen und wir rannten erst mal vor die Höhle um frische Luft zu schnappen.
Jörg und Andy standen schon draußen und betrachteten den Himmel. Was wir da sahen war alles andere als ein schöner Sommertag. Eigentlich sind wir ja in den Wald um der Sonne zu entfliehen.
Aber von der war nich`s mehr zu sehen. Der ganze Himmel war bedeckt mit dicken grauen Wolken. Vereinzelt war in der Wolkendecke mal ein Loch, wodurch die Sonne mit einem Strahlenbündel stach wie mit einem Finger. Auf Bildern in der Kirche hatten wir das schon gesehen. Der Wald neigte sei geschlossenes Haupt in einem schwachen Wind von uns weg und die Wolken am Himmel wurden immer dichter.
„Sieht aus wie Regen", meinte Andy.
„Na hoffentlich kein Gewitter", antwortete Jörg.
Vor Gewitter hatten wir nämlich alle Respekt. Nicht weil wir uns vor dem Donner fürchteten, sondern weil es einfach ein schlechtes Gefühl machte.
Hier oben erst recht, mitten im Wald.
Wir gingen zurück zum Feuer. Der Rauch hatte sich verzogen. Jupp zauberte noch

ein Stück Schinken hervor, schnitt ein paar Streifen ab, danach spießten wir sie auf unsere Taschenmesser und hielten sie in die Flammen.
Wir kamen nicht mal annähernd auf die Idee den Rückweg anzutreten, rösteten unsere Schinkenstreifen und malten uns aus wie wir unseren Ausflug zum Fuchsloch am besten unseren Mitschülern erzählen würden.
Mit einem mal fing es hinter uns an zu prasseln. Wir drehten uns alle vier um und sahen wie es vor der Höhle regnete.
Aber nicht etwa Regen im normalen Sinne, sondern Regen wie alles Wasser dieser Erde fällt vor unserer Höhle nieder.
Um uns das Drama näher anzusehen begaben wir uns zum Eingang und versuchten in den Himmel zu gucken.
Wie auf Kommando donnerte es in diesem Augenblick, ohne das wir vorher einen Blitz gesehen haben. Es war als wenn uns der liebe Gott in die Höhle zurück jagen wollte.
„ Son`n Mist, was machen wir jetzt“, mit dieser Frage richtete sich Uwe an uns drei.
„ Na erst mal gar nicht`s“ meinte Jörg, „ wir warten bis das Gewitter abgezogen ist und gut“.

In der Höhle wurde es immer dunkler und man konnte wirklich nur am Eingang noch etwas erkennen. Die Wolken am Himmel waren fast Schwarz und es sah nicht so aus das es die nächste Zeit aufhören würde zu regnen.
Langsam wurde uns kalt und irgend wo musste in der Höhlendecke ein Loch sein, den seit geraumer Zeit suchte sich ein Rinnsal aus dem inneren der Höhle den Weg über den Eingang der Höhle, nach draußen. Der Rinnsal aus dem inneren der Höhle wurde immer stärker und weichte den trockenen Boden der Höhle auf.
„ Wir müssen hier raus“, sagte ich „ wenn der ganze Boden feucht ist, rutschen wir hier nur noch aus“.
„ Witzig“, meinte Andy, „ der Boden vor der Höhle ist ja schon eine reine Rutschpartie. Da kommen wir nicht mehr runter“.
Langsam ging der Tag zur Neige, das Gewitter hatte sich verzogen, der Regen hörte auf, die Wolkendecke riss am abendlichen Himmel auf und man sah einzelne Sterne durch die Wolken blinken.
„ Das gibt zu Hause wieder einen Zirkus, wenn ich zum Abendbrot nicht zu Haus bin“, brummelte Jörg mehr zu sich selber.

Doch wir anderen hatten garantiert schon das selbe gedacht, denn nun war es schon so spät, da war Ärger vorprogrammiert.
„ Ey, ich hab doch ein Seil mitgebracht, daran klettern wir runter auf den Weg wie richtige Bergsteiger“, sprach Uwe und suchte schon seiner Oma`s Wäscheleine.
Doch es gab keine Möglichkeit das Seil irgendwo zu befestigen. Wie auch? In der Höhle wurde Lehm abgebaut. Also alles ziemlich glatte Wände. Keine Felsen. Keine Bäume. Nicht`s.
„ Passt auf “, meinte Uwe, „ihr haltet das Seil fest und ich klettere daran runter bis auf den Weg und hole Hilfe.
Also banden sich Uwe das Seil um die Hüfte, dann griffen wir das andere Ende und Uwe begab sich langsam nach draußen. Kaum war Uwe vor der Höhle rutschte er auch schon aus, und viel schreiend hin „ Hilfe, Hilfe ich stürze ab, haltet mich fest, haltet mich fest“.
In dem Augenblick wo Uwe hinschlug ging ein Ruck durch unsere Körper.
Auf dem feuchten Lehmboden fingen wir an zu rutschen.
Ich verlor das Gleichgewicht und schlug der Länge nach hin. Und das war unser

Glück, denn ich fungierte als lebender Prellbock. Dadurch das ich quer auf dem Boden lag, konnten Andy und Jörg sich mit den Füßen gegen mich stemmen.
Das Seil glitt ihnen dabei langsam durch die Finger, denn Uwe am anderen Ende war viel zu schwer um es festzuhalten.
So rutschte Uwe auf dem Bauch langsam dem Weg entgegen.
Dies geschah alles unter einem riesen Geschrei. Wir schrieen am Höhleneingang aus Schmerz und Verzweifelung.
Uwe schrie aus Angst das er abstürzte.
Wir waren völlig am Ende.
Irgendwie schaffte es Uwe sich auf dem Weg an einer jungen Kiefer festzuhalten und sich von dem Lehmboden, auf den Weg zu hangeln.
Er wischte sich die Tränen vom Gesicht sah zu uns hinauf, und rief „ bis gleich“.
Wie ein Wirbelwind raste er davon.
Das letzte was wir sahen war sein helles Sporthemd, bis es sich zwischen den Bäumen auflöste.
Wie übrigen drei waren nass, starr vor Dreck und hatten Angst vor unseren Eltern.
Mittlerweile leuchtete schon der Mond am Himmel.

Wie lange wir da gesessen haben, wussten wir nicht. Wir zitterten so das unsere Zähne aufeinander schlugen.
Da sahen wir die ersten Lampen den Weg heraufkommen. Alle hatten sich an der Rettungsaktion beteiligt. Selbst Uwe`s Vater war mit dabei, obwohl Uwe ja schon zu Hause und von seiner Mutter in`s Bett gesteckt wurde.
Die Männer schlugen auf dem Weg ein paar angespitzte Rundhölzer in die Erde. Einige von der Feuerwehr hatten Holzleitern zum Obstpflücken mitgebracht. Diese legten sie auf den Abhang.
Der untere Teil der Leitern wurde gegen die eingeschlagenen Rundhölzer gelehnt, so das die Leitern nicht wegrutschen konnten. Dann ist mein Vater über die Leiter bis zum Eingang der Höhle geklettert und hat uns einzeln nach unten gebracht. Andy`s und Uwe`s Vater haben uns unten in Empfang genommen und in Decken eingehüllt.
Als alles vorbei war konnte sich mein Vater nicht mehr beherrschen. Er schrie uns an ob wir von allen guten Geistern verlassen wären, oder ob wir es auch mal mit Denken versuchen könnten.

Andy`s Vater zog ihn beiseite und meinte nur „das hat noch ein Nachspiel, Freunde“. Danach ging es zurück in`s Dorf und wir wurden sogar getragen.
Das Ende vom Lied? Ein geschwollenes Hinterteil und vier Wochen Stubenarrest für alle.
Wochen später bekam ich mit, wie mein Vater in der Kneipe am Stammtisch verkündete,
„ wenn meine Frau nicht gewesen wäre, hätten wir die Jung`s schon noch ein bisschen schmoren lassen“.
Hört, hört, und wir dachten schon wir müssten uns bessern.

Piraten auf dem Teich

Anfang September. Die Schule hatte wieder angefangen.
Frau Schatz war wie immer unser aller Schätzchen.
Alle hatten von ihren Ferien zu erzählen, doch keiner konnte so tolle Geschichten erzählen wie wir vier.
In der Hofpause badeten wir in der Menge weil unsere Geschichten in den Unterklassen schon die Runde machten.
Doch nach zwei Wochen Schule war alles beim alten. Von Mutti wecken lassen, auf stehen, Zähne putzen, Katzenwäsche, Anziehen, schnell noch Schultasche packen, unter Mutti`s ermahnung „ Artig zu sein“, zur Schule gehen, nach Hause bummeln, vergessene Hausaufgaben von strebsamen Mitschüler abschreiben-natürlich mit veränderten Satzbausteinen damit es keiner merkt, noch ein bisschen Fußball spielen oder rumstreunern,
mit Mutti und Vati Abendbrot essen und über den Tag reden, noch etwas fern

sehen, ausziehen, wieder waschen, wieder Zähne putzen, in`s Bett kuscheln, schlafen. Die Wochen zogen sich, wie Kaugummis aus dem Intershop.
Am letzten Freitag im September verabredeten wir uns zum Angeln am Teich unterhalb des Dorfes. Punkt neun waren wir alle vier am Angelsteg versammelt. Als letzter kam Jörg angesockt, da er noch eine Hausarbeit von seinem Vater aufgebrummt bekommen hatte.
„ Ich habe es nicht mehr geschafft nach Würmern zu suchen“, keuchte Jörg nach Luft ringend,
„mein Vater würde mich garantiert noch weiter anstellen, wenn ich mich nicht schnellstens verdrückt hätte.
Da wir Jörg`s Vater kannten, nickten wir nur mit den Köpfen und bestätigten, das wir anderen genug Köder hatten und sie auch mit ihm teilen würden.
Wir machten uns nun daran die Angeln klar zu machen, zogen unsere Köder auf die Haken und legten die Angeln aus.
Es war schon bald Mittag und es hatte noch nicht ein Fisch gebissen.

An meiner und Uwe`s Angel wurde mal genuggelt, was man an den Bewegungen der Schwimmer und an den abgefressenen Würmern sehen konnte.
Es passierte, was voraus zu sehen war, uns wurde langweilig.
„ Wisst ihr was“, meinte Uwe „ wir suchen uns eine neue Stelle zum Angeln“.
„ Gute Idee“, meinte Andy, „ wir teilen uns auf, und treffen uns auf der anderen Seite gegenüber vom Angelsteg.
„ Und was machen wir mit den Angeln“? fragte Jörg in die Runde.
„ Ach die lassen wir hier liegen“, meinte ich „ die können wir nachher rausholen, wenn wir gehen wollen.
„ Dann los“, sagte Jörg.
Jörg und Andy liefen links vom Steg runter und verschwanden kurz danach im Schilf.
Uwe und ich bewegten uns rechts vom Steg runter und stromerten am Teichufer entlang, immer Ausschau haltend nach einer guten Angelstelle.
Nach einiger Zeit waren wir an dem Punkt angekommen, der dem Steg genau gegenüber lag.
Da wir nicht`s besonderes entdeckt hatten, setzten wir uns auf einen umgestürzten

Baumstamm und warteten auf die andere zwei. Nach einiger Zeit begannen wir Steine in den Teich zu werfen und sahen dem Wasser zu wie es sich Ringweise von der Stelle ausbreitete, wo der Stein jeweils auf das Wasser aufschlug.
Doch von Jörg und Andy war weit und breit nichts zu sehen geschweige den zu hören.
„ Los, lass uns denen entgegen gehen“, schlug Uwe vor.
„ Na los“, gab ich meine Einwilligung, und wir setzten uns dahin in Bewegung, wo wir Jörg und Andy vermuteten.
Nach einem kurzen Marsch durch Schilf und Unterholz sahen wir das an unserem Angelteich noch ein kleinerer Teich angrenzte. Nur getrennt durch einen Schilfgürtel. Der kleinere Teich war umgeben von Laubbäumen und Unterholz. Die Laubbäume standen so nahe am Ufer, das sich die Kronen der gegenüber stehenden Bäume fast berührten.
Unter dem gewaltigen Blätterdach herrschte ewiges Dämmerlicht und man musste aufpassen wo man hintreten wollte.
Als wir dann den Schilfgürtel durchbrachen, sahen wir auch die anderen beiden diskutierend am Ufer stehen.

„ Hey“, riefen wir und winkten, um auf uns aufmerksam zu machen.
Jörg und Andy drehten sich um und als sie uns sahen gaben sie aufgeregte Handzeichen, wir sollten zu ihnen hinkommen.
Kaum dort, meinte Andy, „ ey wir haben was tolles gefunden“.
Bevor wir fragen konnte was es denn sei, stürzte Jörg schon mit der Antwort heraus: „ ein Floß“.
Uwe und ich waren beeindruckt.
Das Floß entpuppte sich als altes hölzernes Garagentor, bei dem unter jede Ecke eine alte zugeschweißte Milchkanne gebunden war. Auf dem Garagentor standen zwei alte Kisten die man auch als Sitzgelegenheiten benutzen konnte. Das Floß war mit einem alten Strick am nächsten Baum angebunden.
„ Tolle Sache, so ein Piratenfloß“, meinte Uwe. Dabei griff er sich den Strick und zog das Floß zu uns heran. Kaum war es am Ufer angestoßen, war Uwe schon mit einem Satz darauf.
Er machte sich glich daran die Kisten zu untersuchen. Fand aber nicht`s außer

einer alten verrosteten Blechbüchse und einem Flaschenöffner.
Mittlerweile waren Jörg und ich auch auf das Floß gesprungen. Unser Gewicht schien dem Floß nicht viel auszumachen. Selbst nachdem Andy auf dem Floß war, schwappte das Wasser nicht mal über das Garagentor.
Vor Besitzerstolz schwellte uns die Brust und wir fühlten uns schon als die Beherrscher aller Meere.
Und das auf einem Teich der alleine von der Ostssee gute fünfhundertfünfzig Kilometer entfernt war. Ja, wir waren Kinder und wir hatten etwas im Überfluss, Fantasie.
Da es nach der schnellen Besichtigung des Floßes an der Zeit war nach Hause zu gehen, gingen wir zurück zum Steg und holten unsere Angeln ein. Weder der Köder noch ein Fisch waren an unseren Haken. Da wir uns einig waren am nächsten Tag wieder zum Teich zu kommen, schoben wir unsere Angeln nur in`s nächste Gebüsch und wir rannten jeder zu sich nach Hause.
Am Sonntag Morgen gleich nach dem Frühstück, trafen wir vier uns wieder am

Teich. Uwe hatte noch einige Schnüre, einen Hammer und ein paar alte Nägel mitgebracht.
„ Vielleicht müssen wir ja was reparieren", meinte er, als er unsere fragenden Gesichter sah.
Beim Steg zogen wir unsere Angeln aus dem Gebüsch. Wer wollte schon auf einem Steg angeln, wenn er ein Floß zur Verfügung hatte.
Als wir durch das Schilf zum kleineren Teich durchbrachen, sahen wir das Floß noch genauso daliegen wie wir es verlassen hatten. Wir freuten uns königlich.
Heute wäre meine Frage: „ ja, wo soll den so ein Floß über Nacht schon hin"?
„ Wir brauchen ein Segel", meinte Uwe.
„ Und Paddel brauchen wir auch", meinte Jörg.
Andy und ich stimmten zu.
Wir hockten uns auf das Floß und beratschlagten wie wir wohl an die benötigten Sachen kommen konnten, ohne unser Geheimnis preis zu geben.
Für die Paddel hatte Uwe eine glänzende Idee. „ Wir besorgen uns einfach zwei Spaten und benutzen diese als Paddel".
Damit waren wir sofort einverstanden.

So zogen wir erst mal los um uns die Spaten zu besorgen. Auf den Bauernhof von Jörg`s Eltern wurden wir dann auch fündig. Bei dem einen war zwar der Stiel ein bisschen kürzer, aber ansonsten waren es zwei super Paddel.
Auf dem Rückweg kamen wir am Garten von Uwe`s Oma vorbei. Und wie der Teufel, oder sonst wer, es gewollt hat, hing doch tatsächlich frisch gewaschene Bettwäsche auf der Leine.
Ratz Fatz hatte Uwe ein Bettlaken von der Leine gezogen und als er unsere offenen Münder sah, zuckte er nur mit den Schultern und sagte: „Merkt ja eh keiner“. Sprach`s ,klemmte sich das Knäul Bettlaken unter den Arm und lief weiter.
Wieder beim Floß angekommen, löste Jörg den Strick mit dem es festgebunden war und wir probierten erst mal unsere neuen Paddel aus. Das ging am Anfang ganz schön schwer, aber mit der Zeit merkten wir, wen man das Spatenblatt nicht so tief in`s Wasser eintauchte brauchten wir weniger Kraft und es machte riesigen Spaß.
Nach der ersten Runde Paddeln legten wir wieder am Ufer an. Wir suchten uns im

Wald zwei Äste um daran das Segel zu befestigen.
Den größeren Ast stellten wir senkrecht in der Mitte vom Floß auf. Uwe befestigte den Ast am Floß mit ein paar quer eingeschlagenen Nägeln.
Als wir den Ast dann losgelassen haben mussten wir gleich wieder zugreifen, weil der olle Ast trotz Nägel umfallen wollte.
Mit seiner handwerklichen Arbeit noch nicht zufrieden, schlug Uwe noch an jeder Ecke des Flose`s einen Nage ein der noch ein paar Zentimeter aus dem Holz sah.
Kurz entschlossen fischte er aus seiner Hosentasche den Knäul Schnüre.
Zusammen entwirrten wir das Bündel, und Uwe band jeweils ein Ende der Schnur um die Astspitze und das andere Ende befestigte er um die hervorstehenden Nägel. Mit vier befestigten Schnüren stand der Ast in der Mitte des Floße`s wie ein Eins. Aus dem Ast, wurde ein Maßt.
Den nächste Ast befestigten wir mittig am oberen Ende von unserem Maßt indem wir ihn einfach mit dem Rest der Schnüre zusammenbanden.
Das sah zwar ein bisschen schief aus, aber nach Andy`s Kommentar: „ schief ist

englisch und englisch ist modern“ waren wir mit unserer Arbeit mehr als zufrieden.
„ So , jetzt noch das Segel drüber und fertig ist unser Piratenfloß“, meinte Uwe.
Da das Bettlaken zu groß war, mussten wir es einmal falten und warfen es über den quer angebundenen Ast.
Mit diesen Verschönerungen hatten wir nun entgültig von dem Floß Besitz ergriffen.
Wir stachen noch einmal in See, prügelten uns um die Paddel (Spaten), denn jeder wollte einmal paddeln, bis Jörg sich auf die Kiste stellte und mit verschränkten Armen sagte: „ Ich bin der Kapitän“.
Wie auf Kommando ließen Andy und ich die Paddel los und sprangen genau wie Uwe auf die Kiste und riefen wie aus einer Kehle: „ Ich bin Kapitän“.
Durch den entstehenden Streit kümmerten wir uns auch nicht um die in`s Wasser fallen gelassenen Paddel. Das wäre sowieso zu spät gewesen, denn die Dinge gingen einfach unter.
Eisen und morsches Holz schwimmt halt schlecht. Als wir es merkten war es schon vorbei.
Kein Paddel mehr in Sicht. Scheiße!

Wir hingen mit unserem Floß mitten auf dem Tümpel. Wir versuchten mit den Händen zu paddeln, keine Chance. Rüberschwimmen trauten wir uns nicht. Wir waren gefangen auf unserem schönen neuen Piratenfloß und es ging nicht vor und nicht zurück.
Nicht nur das wir auf dem Teich fest hingen, nein , wir hatten auch mal wieder die Zeit verpennt. Mittag war schon lange vorbei und das Theater bei unseren Eltern war eh schon wieder vorbestimmt.
Wir konnten machen was wir wollten, aber nichts half. Das Floß trieb langsam auf dem Wasser, aber wir gelangten nicht an`s Ufer. Irgendwann drehte sich das Floß um die eigene Achse und danach ging nicht`s mehr. Irgendwie hatte sich ein Ast, der irgendwann mal abgebrochen ist und im Tümpelgrund steckte, mit unserem Floß verhakelt und wir hingen fest.
Als es dann langsam dunkel wurde und wir das Gefühl hatten die Kronen der Bäume senkten sich immer weiter über uns begannen wir zu rufen. Erst zaghaft, doch um so mehr wir frohren, um so lauter riefen wir. Es war uns irgendwann egal und wir wollten bloß noch runter von dem Floß.

Keiner wollte mehr Kapitän sein oder sonst irgendwas.
Wir hatten schon jede Hoffnung aufgegeben. Uns war klar das wir vor Hunger sterben würden, oder uns wilde Tiere über Nacht fressen.
Das war überhaupt nicht mehr witzig sondern nur noch gruselig. Da kamen Geräusche aus dem Wald, die konnten nur von Räubern und Kinderfängern kommen vor denen unsere Eltern uns immer gewarnt haben.
Um unser Floß gluckste ab und zu das Wasser, so das wir meinten gleich kommt ein Seeschlange und macht sich über uns vier schmackhaften Bürschchen her. Auf die Idee, das einfach nur Fäulnisgas vom Grund, in kleinen Bläschen nach oben steigt, um an der Wasseroberfläche mit einem kleinen Blubb (für uns das Planschen einer Seeschlange) zu zerplatzen, wären wir im Traum nicht gekommen.
Die Dunkelheit hatte schon bedrohlich zugenommen. Wir saßen zu viert verängstigt, frierend und stumm auf der Kiste, da sahen wir den Lichtkegel einer Taschenlampe durch den Schilfgürtel

blinken, der uns von unserem Angelteich trennte. Was war dass? Oder wer war dass? Wäre die Kiste, auf der wir saßen, groß genug gewesen, wären wir wahrscheinlich alle vier hinein gekrochen. Also verhielten wir uns ruhig und beobachteten mit großen Augen den durch das Schilf zappelnden Lichtkegel.
Doch dann hörten wir verschiedene Stimmen rufen. Haben wir da eben unsere Namen gehört?
Nein. Doch! Da schon wieder.
Na klar. Das waren unsere Namen.
Man suchte uns. Endlich, wir waren gerettet. Wir schrieen los wie die Verrückten. Da schwenkte der Lichtkegel in unsere Richtung und Ihm folgten andere. Der Schilfgürtel teilte sich raschelnd und ein Angelkahn kam auf uns zu.
Die Lichtkegel trafen voll, so das wir geblendet die Augen schließen mussten. Die Stimme von Jörg`s Vater drang zu uns herüber: „ seid ihr in Ordnung?
„ Ja“ erwiderten wir kleinlaut „ wir hängen fest“.
Der Kahn schob sich neben unser Floß und wir erkannten unsere Väter.

Mit einem Griff hatte mich mein Vater am Schlafittchen und hob mich in den Kahn. „Sollte ich mal graue Haare kriegen, bist du garantiert nicht ganz unschuldig dran“, sprach`s und fuhr mir wuschelnd durch die Borsten.
Auch die anderen wurden in den Kahn gehoben und bekamen ihr Fett ab.
Es war aber bei weiten nicht so schlimm, wie wir uns das ausgemalt hatten.
Der Vater von Jörg besah sich unsere Konstruktion für das Segel und wendete sich an meinen:“ Gar nicht so dumm die Lauser, was meinst du Manfred“?
Er rüttelte am Mast: „ hält so gar“, und setzte sich wieder auf die Ruderbank.
„Halt, warte mal“, meinte Uwe`s Vater.
Er beugte sich zum Floß und nahm das Bettlaken vom Mast. „ Das willst du doch Oma sicher wiedergeben“? fragte er und blinzelte Uwe verschmitzt an.
Dann ging es zurück. Bei Uwe`s Oma saßen auch unsere Mütter und nahmen uns in Empfang.
Von meiner bekam ich gleich ein paar Ohrfeigen, so sehr freute sie sich das mir nichts passiert ist, wie sie später sagte.
Den anderen erging es nicht besser.

Da wir durch gefroren waren und auch fertig durften wir alle vier bei Uwe`s Oma in der Dachkammer schlafen.
Bei`m nach oben gehen hörten wir noch Uwe`s Vater fragen was denn die Erwachsenen jetzt mit dem angefangenen Abend machen wollten und klimperte schon mit den Bierflaschen. Da Sonntag war, hatte keiner was gegen ein Bierchen. Auch für unsere Mütter und Uwe`s Oma muss sich noch Wein angefunden haben, denn was wir so am späteren Abend durch das offene Giebelfenster hörten, was doch für Weisenknaben unsere Väter waren (ha, ha, ha), da hätten ja die Väter unserer Väter alle mit dreißig schlohweiß sein müssen.
Hauptsache bei uns hagelt es Ohrfeigen. Wie ungerecht.

Schlittenfahrt

Mein lieber Mann. Noch langweiliger als Sommerferien ohne Freunde, sind Winterferien ohne Schnee.
Es war Februar. Seit Wochen hing das Thermometer bei minus 10 bis minus 15 Grad. Es war hundsmiserabel kalt und wir vier verkrochen uns den ganzen Tag bei einem von uns im Zimmer, da das wichtigste für Winterferien fehlte. Schnee. Den ganzen Winter kam davon noch nicht ein Krümel runter. Nicht mal zu Weihnachten.
Die alten Bauern im Dorf meinten wir sollten die Flinte nicht in`s Korn werfen. Der Schnee wird schon noch kommen und wenn, meinten sie, dann richtig.
Was his hier Flinte nicht ins Korn werfen.
Wir hatten zwei Wochen Ferien.
Eine davon haben wir mit Eislaufen und Hockey spielen verbracht ohne im Eis einzubrechen oder sonst irgendwas. Na ja- ein paar blaue Flecke, aber die zählen nicht.
Unsere Schlitten standen schon vor den Kellertüren, die Kufen wurde schon

entrostet und mit Speck eingerieben damit es sofort losgehen konnte, sollte sich Frau Holle doch noch entscheiden, zu arbeiten. Ich erwachte am Sonnabend Morgen vom letzten Ferienwochenende. Draußen war e noch dunkel. Schlaftrunken tappte ich, ohne Latschen, zur Toilette. Als ich an der offenen Küchetür schon vorbei war, blieb ich wie angewurzelt stehen. Ich legte den Rückwärtsgang ein und sah durch das gegenüber liegende Küchenfenster tatsächlich Schneeflocken tanzen. Nach dem Augenreiben waren die Schneeflocken immer noch vorm Fenster. Da rannte ich durch die Küche, war mit einem Satz auf der Fensterbank und sah im schwachen Schein der Hofbeleuchtung eine vollkommen geschlossene Schneedecke. Es musste die ganze Nacht geschneit haben. Prima, prima, prima. Wie der Wind sauste ich in`s Zimmer.
So schnell war ich noch nie angezogen, noch nicht einmal wen ich zur Schule verpennt habe. Dann stand ich angezogen in meinem Zimmer und sah auf den Wecker, 7.15 Uhr. Na schau, da konnte ich mich gleich noch mal ausziehen, denn meine Eltern standen am Wochenende nie

vor 8.00 Uhr auf. Und dann auch noch Frühstücken. Eigentlich mochte ich das am Wochenende, mit Mutti und Vati gemeinsam am Frühstückstisch, mit Ei und ganz gemütlich und lustig. Aber nicht heute. Frühstück dauert bestimmt eine Stunde. Wenn ich Glück hab, ist bis dahin der Schnee schon wieder weg.
Ich begann den Tisch in der Küche einzudecken. Natürlich nicht ohne ordentlich mit dem Geschirr zu klappern und die Schranktüren zu knallen. Meine Eltern ratzten ganz gemütlich durch , ohne sich stören zu lassen. Danach setzte ich mich auf die Fensterbank und beobachtete das Schneetreiben vor dem Fenster.
Mit einem Auge behielt ich die Küchenuhr im Auge und punkt acht rannte ich in`s Schlafzimmer meiner Eltern.
„ Es schneit, es schneit“, rief ich um meiner Aufforderung aufzustehen, Nachdruck zu verleihen.
„ Können wir gleich frühstücken, ich muss los“, rief ich.
Mein Vater schlurfte zum Küchenfenster und runzelte die Stirn.
„Hm“, brubbelte er „ ist wohl heute Schnee schieben angesagt“.

Noch während wir beim frühstücken waren, klingelte es an der Wohnungstür.
Ich sprang auf um zu öffnen.
Uwe und Jörg standen vor der Tür.
Eingemummelt in dicke Pullover, Pudelmütze, Fäustlinge und Schal.
Ich rannte in die Küche zurück „ darf ich los, die anderen warten schon“ rief ich.
„Bist du den fertig“? fragte meine Mutter.
„Na logisch“ antwortete ich und verputzte mein Frühstücksei im stehen.
„Zieh dich ordentlich an“ meinte Mutsch, „nich das du frierst“.
„ Klaro“ sagte ich und war mit einem „ Tschüssi “ zur Tür hinaus.
Ich holte meinen Schlitten aus dem Keller und zu dritt stapften wir durch den Schnee auf den Weg um Andy abzuholen.
Die Schlitten zogen wir hinter uns her und sie hinterließen sechs fast identische Spuren, die ihre Kufen in den Schnee drückten.
Andy stand schon vorm Haus und wartete auf uns. „ Da seid ihr ja endlich“ rief er und stürzte uns entgegen.
Wir hatten nur ein Ziel.
Die Rehwiese. Sie lag an einem Berghang vor unserem Dorf. Ein riesengroße freie

Fläche, die sich umsäumt von dem angrenzenden Wald, vom Berggipfel bis zu den Feldern der umliegenden Bauern am Fuße des Berges erstreckte.
Mit etwas Glück konnte man sogar von ganz oben die Rehwiese hinunter und über die Feldwege fast bis in`s Dorf rodeln.
Als wir an der Rehwiese ankamen waren wir fast alleine. Vereinzelt waren ein paar Skifahrer.
Wir stapften die Wiese bis ganz hoch, brachten unsere Schlitten in Position und dann ging es los.
„ Bahne frei, Kartoffelbrei, mit Sellerie und Arschbatterie“ riefen wir im Chor und stobten vom Gipfel auf unseren Schlitten, in Richtung der Felder.
Nach einigen Fahrten hatten wir uns schon eine richtige Bahn ausgefahren.
Wir wurden immer schneller und es machte uns immer mehr Spaß.
Irgendwann kamen immer mehr Skifahrer aus der Stadt auf die Rehwiese und maulten rum das wir mit unseren Schlitten ihre Skipisten demolieren würden.
Ihre Pisten ?- Wir hörten wohl nicht richtig. Wir wohnen hier. Die können sich ja in der Stadt mit ihren Skiern vergnügen.

Irgendwann hatten wir von den Streiterein genug. Zu mal wir eh immer den kürzeren zogen.
Außerdem war es kalt und Hunger hatten wir auch.
„ Los lasst uns noch einmal fahren und dann abhauen“ meinte Uwe.
„ Bloß wegen den blöden Skiheinis aus der Stadt“ maulte Andy.
Also stapften wir noch einmal nach oben, um beim runterfahren die Skiheinis noch mal richtig zu ärgern.
Doch kaum sind wir oben angekommen hatte Andy eine brillante Iddee.
Auf der Rückseite des Berges gab es einen Wanderweg, der sich bis in unser Dorf schlängelte. Er führte am Fuchsloch vorbei bis auf die Betonstraße, auf der man oberhalb bis in unser Dorf fahren konnte.
Na gut, der Weg hatte ein paar gefährliche Kurven und ein paar Haar streubende Neigungen. Aber, er führte uns in`s Dorf ohne zu laufen.
Diese Vorstellung gefiel uns natürlich.
Also kehrten wir der Rehwiese den Rücken zu und machten uns über den Gipfel, auf den Weg zum Eselsweg.

Kaum dort angekommen, kamen wir auf die Idee die Schlitten hintereinander zu binden. So konnte bei der Abfahrt keiner verloren gehen und der, der auf dem zweiten Schlitten saß, konnte am ersten anfassen und mit diesem lenken.
Bei uns hieß das Bob fahren
und wir hatten das schon mehr als einmal probiert.
Mein Schlitten war der erste.
Hinter mir hängte sich Uwe ein.
Als dritter kam Andy.
Jörg machte das Schlusslicht.
Eigentlich eine sichere Position. Eigentlich!
Als wir uns auf unseren Schlitten alle festgekrallt hatten, ging die Fahrt auch schon los.
Die ganze Sache kam erst etwas stockend in Gang. Jörg war als letzter so schwer, das sein Schlitten, mit den Kufen immer am tiefsten in den Schnee gedrückt wurde.
Da wir so nicht in Fahrt kamen, tauschten Jörg und ich die Plätze.
Ich stieg auf seinen Schlitten und genauso Jörg auf meinen. Wir schoben uns noch einmal an und da ging die Fahrt auch langsam los.

„ Juchhu“ brüllte ich, denn ich fühlte mich auf dem letzten Schlitten wesentlich wohler. Unser gemeinsamer Schlachtruf ertönte durch den Wald:
„Bahne frei, Kartoffelbrei mit Sellerie und Arschbatterie“.
Unsere vier aneinander gebundenen Schlitten nahmen auf dem ersten Teil des Weges nur gering an Geschwindigkeit zu. Dann kam die erste Linkskurve.
Hinter dieser, bekam der Weg mehr Gefälle. Die Fahrt nahm langsam zu.
Vor der nächsten Kurve brüllte Uwe: “bremsen“.
Wie auf Kommando nahmen wir die Füße von den Kufen und drückten sie in den Schnee. Wir verloren zwar an Geschwindigkeit, bekamen aber durch das Geröll unter dem Schnee ein paar fürchterliche Schläge in die Beine.
Bei der nächsten Kurve brüllte Uwe wieder: “bremsen“.
Doch nicht`s geschah. Wir Jungs hatten einfach Schiss die Füße wieder von den Kufen zu nehmen.
Das Gefälle nahm noch etwas zu und die Fahrt wurde immer schneller.

Der Fahrtwind trieb uns die Tränen in die Augen. Wir konnten kaum noch etwas sehen. Bremsen konnten wir gar nicht mehr, die Geschwindigkeit war jetzt viel zu schnell. Wer jetzt die Füße von den Kufen genommen hätte, wäre wahrscheinlich mit Beinbruch abgestiegen.
Die Tiefhängenden Kiefernzweige die den Weg säumten schlugen uns in`s Gesicht. Das einzige was uns jetzt noch helfen konnte war Uwe.
Verbissen versuchte er auf dem Weg zu bleiben indem er mit dem Schlitten,
auf dem Jörg saß, lenkte. Die Fahrt wurde immer schneller. Uwe rief schon lange nicht mehr: „ Bremsen“.
Im Gegenteil, Uwe wurde immer ruhiger und wir anderen drei schrien in jeder Kurve :“ aaaaaaaaaaaaanhalten“.
Keine Chance.
Anhalten war überhaupt nicht möglich.
Alle anderen Optionen blieben natürlich offen. Die beste wäre natürlich bis in`s Dorf zu gelangen.
Wie ein Blitz sausten wir durch die Winterlandschaft den schmalen Weg hinunter. In jeder Kurve schlug mein Schlitten, auf dem ich saß, immer mehr

aus. Manchmal war er schon kurz vor`m kippen. Nur aus Reflex verlagerten wir das Körpergewicht und konnten es so vermeiden.
Der Felsen mit dem Fuchsloch flog an uns vorbei. Noch drei Kurven und wir kamen auf die Betonstraße. Kurve eins, Kurve zwei, Kurve drei.
Der Eselsweg kam im rechten Winkel zur Betonstraße an. Um in`s Dorf zu gelangen müssten wir links auf die Betonstraße einbiegen.
Mit einem Affenzahn kamen wir auf der Betonstraße an. Durch die festgefahrene Schneedecke war ein lenken nicht mehr möglich. Der Schub den wir hatten, der war einfach gigantisch. Raus aus dem Eselsweg, rauf auf die Straße, mit Geschrei über die Straße.
Dann hoben wir ab, es prasselte irgend etwas und dann wurde es Nacht.
Aufgewacht sind wir auf der Kinderstadion in der nahen Stadt. Jörg hatte einen Kopfverband, Gehirnerschütterung.
Wir restlichen drei Gips. Uwe den linken Arm. Andy das linke und ich das rechte Bein.

Wie wir später erfuhren sind wir schnurgerade über die Straße auf den nächsten Abhang zu. Dort verloren wir den Bodenkontakt und klatschten alle nacheinander an ein und denselben Baum. Gefunden hat uns ein Autofahrer aus der Umgebung.
Aber was ich noch sagen wollte:" Ende gut, alles Gut".
Erst mal, wer im Krankenhaus ist, kriegt keine Mekker.
Zweitens, die Verpflegung von Seiten unserer Eltern war prima.
Und drittens haben wir es geschafft unsere Winterferien am letzten Wochenende um vier Wochen zu verlängern.
Wir fanden das ganz gut gelungen.

Nachwort

So liebe Leserinnen und liebe Leser.
Die Geschichten um Axel Wenzel hören hier zwar noch lange nicht auf, aber ich werde erst einmal eine Pause machen. Dies mache ich zum einen, um die weiteren Geschichten erst einmal stichpunktartig für mich festzuhalten.
Zum anderen natürlich, weil ich ja gar nicht wissen kann ob diese Zeilen zu Ihrer Unterhaltung überhaupt geeignet sind.
Sollte sie dieses Buch jedoch allen Vermutungen entgegen gelangweilt haben, möchte ich mich in aller Form dafür entschuldigen.
Man hört und sieht sich (vielleicht einmal),

ihr Michael Gaumitz

Danksagung

Danke, an alle die an mich geglaubt haben, und denen, durch die es möglich wurde das Sie, liebe Leserinnen und Leser, dieses Buch in Ihren Händen halten können.
Auch auf diesem Weg, habe ich wieder viele besondere Menschen kennen gelernt.
Besonderen Dank gilt meiner Frau und unserem Sohn, die nie aufgehört haben, mich zu unterstützen.

Zum Autor

Michael Gaumitz, Jahrgang 1962, erlernte zunächst den Beruf eines Bauarbeiters.
Sein unruhiger Geist lies ihn als Kohlenträger, Busfahrer, Versicherungsagent, Gebrauchtwagenhändler, Bauleiter und als Unternehmer tätig sein.
Mit diesem Buch geht der lang ersehnte Wunsch, als Autor zu arbeiten, endlich in Erfüllung.
Michael Gaumitz lebt heute mit seiner Frau im schönen Barnim im Norden von Berlin, wo er bereits an einem weiteren Buch arbeitet.

Herstellung und Verlag:
Books on Demand GmbH, Norderstedt
ISBN 978-3-8391-0271-8